SANGRE HELADA

F.G. HAGHENBECK

SANGRE HELADA

OCEANO

SANGRE HELADA

© 2020, F. G. Haghenbeck
Esta edición c/o SalmaiaLit, Agencia Literaria

Diseño de portada: Jorge Garnica

D. R. © 2020, Editorial Océano de México, S.A. de C.V.
Guillermo Barroso 17 - 5, Col. Industrial las Armas
Tlalnepantla de Baz, 54080, Estado de México
info@oceano.com.mx

Primera edición: 2020

ISBN: 978-607-557-232-1

Impreso en México / Printed in Mexico

Hay cosas que se deslizan por la noche.
Bernardo Esquinca e Hilario Peña, nos dicen que en verdad existen.
Éste, es para ustedes, cultivadores de narraciones oscuras.

Los monstruos son reales y los fantasmas también lo son. Viven dentro de nosotros y, a veces, ganan.

STEPHEN KING

La otra gente que dicen que hallaron los de Tlaxcala, y Cholula y Huejotzingo, dicen que eran gigantes...

FRAY DIEGO DURÁN

PARTE I

Renacer

I

El ser divino sucumbió. Ocurrió de repente, sin una gran festividad en su honor o una noche de desenfreno sexual. Se acabó ausente de alaridos y gritos, pues entre todas las guerras que se libraron para mantener el dominio de una civilización por siglos, fue el suave murmullo del rezo católico el que terminó por someter al sangriento dios. Había resistido batallas entre deidades primaverales, conspiraciones de regidores por el dominio de los sacrificios, o las conquistas aztecas, cada una arrastrando sus muertos y costumbres para imponer una visión astrológica divina. Incluso sobrevivió guerras civiles de emperadores buscando la potestad de lo sagrado que se creía un derecho de los humanos, no de aquellos a los que alababan. Viendo pasar todo ante sus ojos, como si los siglos fueran parpadeos, iban a ser los monjes de olores penetrantes y telas toscas color tabaco los que sojuzgaran a esa todopoderosa creatura. Como arma contra la que peleó, sólo fue esa cruz, un símbolo tan poderoso como las calaveras en templos o las figuras de cerámica de hombres desollados con rostros ensangrentados que él usaba. Fue rematado por el concepto simple de un Dios único y mártir ante ese universo de deidades caprichosas y vengativas.

Este gigante desollado era considerado la parte masculina del universo, la aurora de la mañana o el maíz tierno. Representaba la renovación, el nuevo principio de la vida. Era ridículo que ahora fuera lo contrario, el final de una época. Mas entendía ese nuevo cambio, dejando atrás el pasado para comenzar un nuevo mundo. No muere, sólo tira su piel, así era su ciclo. Xipe Tótec, Nuestro Señor Desollado, que es todo carne, se fue a su sueño milenario llevando consigo la piel arrancada de un humano, símbolo de la nueva era, para desaparecer por siglos. Sólo quedaron sus representaciones en frisos y templos donde lo pintaban con el sonajero que llama a la lluvia, teñido de amarillo y una falda decorada con caracolillos. Piel estirada enmascarando su rostro. Mientras que las manos de su víctima desollada colgaban inútilmente en las muñecas.

Así fue como desapareció en silencio, como cuando los dioses dejan la tierra ante la ausencia de devoción por ellos. Parecería que murió de inanición y olvido, mas no era cierto que dejaba la tierra ni a sus creyentes. Sólo se echaba a dormir el sueño eterno de los infinitos, esperanzado en que los vientos que trajeron carabelas y estandartes de cruces rojas cambiaran hacia un nuevo despertar. Pues ese pedazo de verde, ese continente aislado, no pertenecía a los hombres que aseguraban venir en nombre de un Dios y un rey. No, esta tierra era de él y de sus súbditos. Así que esperaría renacer para traer el dolor de nuevo.

II

1943
En algún lugar de Veracruz, México

No se le podía llamar pueblo a ese lugar. Era un montículo rodeado de casas casi abandonadas, que dejaban que el viento y los años corrieran a través de ellas. Llamarle población a esa ranchería era excesiva benevolencia. Se trataba de un lugar abandonado, sin ninguna inspiración o trascendencia. No había razón de existir para ese lugar que no fuera ser un aviso de que la esperanza quedaba atrás, pues el averno continuaba al frente.

La planicie aparentaba ser eterna, sólo interrumpida por ese montículo donde el poblado subsistía. Los aires fríos galopaban sin resistencia anunciando un duro invierno. Algunas estructuras compactas de gruesos muros en colores llamativos se desperdigaban llamándose haciendas. Viejos vestigios de la época antes de la gran revolución. Más allá, imponente, se levantaba el volcán nevado Citlaltépetl, testigo de conquistas y guerras, que ahora dormía ante la paz impuesta por el nuevo gobierno del presidente Manuel Ávila Camacho. Esa política de no lanzarse a combatir en la Gran Guerra en Europa o el Pacífico ofrecía a la nación mexicana una ventaja como proveedora de petróleo, metales y alimentos para ambos bandos. Por ello no permitirían que los saboteadores arruinaran la bonanza y se decidió exiliar a los traidores lejos de la sociedad. En ese poblado perdido entre Puebla y Veracruz estaba la nueva cruda realidad para aquellas familias germánicas que algún día esperaron encontrar fortuna en México, pues ahora eran vistas como enemigas.

Una camioneta Dodge 1942 verde olivo levantó una estela de polvo por el camino. Dejó atrás un oxidado letrero que informaba que sólo faltaban 43 kilómetros para la ciudad de Perote, Veracruz. Al detenerse en una casucha con terraza sostenida por columnas cuadradas encaladas, alzó una nube gris. Poco a poco fue aplacándose para dejar libre el panorama. Alrededor de la construcción había un par de vehículos estacionados: un Packard negro, tan cubierto de tierra que parecía un pambazo, a su lado, un camión Ford de redilas. La casa era de una planta, coronada con tejas que empezaban a desprenderse. Un cúmulo de magueyes se arremolinaba alrededor de ella, pintándola de verde entre el paisaje ocre. Un grueso mezquite intentaba dar sombra, cubriendo a las gallinas que habían huido ante la llegada del nuevo vehículo pero que regresaban a picotear el piso en búsqueda de gusanos. Se veía un perro flaco dormitando a los pies del tronco, resguardando un cráneo de vaca que lo había roído por semanas. Al lado de la puerta, un letrero que anunciaba FONDA ESPERANZA. COMIDA CORRIDA estaba caído y cubierto de polvo.

El primero en bajar de la camioneta fue un soldado: traje verde olivo, con pantalones metidos en las botas negras. La camisa manchada por el sudor debido a las continuas horas de manejo. Una gorra del ejército mexicano indicaba que se trataba de un cabo. Su cuerpo se agitó al tocar el piso. Estiró los brazos acompañado de un largo bostezo. Detrás de él descendió un oficial en uniforme de gala verde, cinturón de piel cruzando el pecho y a la cadera, con gorra de plato. Lentes en tono avispón oscuro en su cara, redondos y pequeños, pero suficientes para mitigar la luz. Su cara era ovalada, morena, enmarcada por un bigote de estrella de cine. Era obvio que trataba de emular a los charros de las películas. Por sus modales, se trataba de un egresado de la academia, miembro de la elite militar. Por último, bajó el prisionero. Lo delataban las esposas de metal que limitaban sus manos al frente. Extranjero, de piel blanca, ojos árticos y cabello engomado peinado de raya a un lado. Una barba de días sombreaba su recia mandíbula. Pantalones caqui de pinzas, chamarra de cuero corta en tinte marrón y un sombrero fedora en su cabeza con un distintivo adorno tirolés de plumas blancas en la cinta.

—Necesito mear y necesito un pinche cigarro… —gruñó el prisionero a sus opresores alzando las manos esposadas. El oficial sonrió ante el comentario. Tomando su tiempo, extrajo una cajetilla de su chaqueta color olivo para escoger un cigarrillo. Se lo llevó a la boca, y lo encendió con un encendedor metálico que rechinó más que una cama de hotel de paso. Después de saborear el primer bocado, arrojó el humo a la cara de su cautivo.

—¿Y las palabras mágicas, espía?

El extranjero cerró los ojos. Trató de clavar su mirada de odio al que lo escoltaba, pero los espejuelos oscuros sirvieron de barrera entre ellos.

—¿Por favor…? —inquirió dudoso. El soldado que lo condujo soltó una carcajada mientras se dirigía al mezquite para descargar la vejiga. El chorro de orina ahuyentó al perro adormilado.

—¿Sus modales, señor Von Graft? Me dijeron que era todo un barón en la alta sociedad. Sólo veo a un patán güerito y bien pendejo —refunfuñó el oficial.

—Mire, capitán, llevamos cinco malditas horas de carretera. Ni idea cuántas más nos falten, pero no quiero pelear con usted. Le aseguro que no pienso escapar. Como puede ver —volvió a levantar las manos esposadas y señaló el paisaje árido— no podré ir a ninguna parte. Así que si me ayuda a bajarme la maldita cremallera y que mis manos agarren el pito para no salpicar, en verdad se lo agradecería.

El capitán hizo emerger la ceja izquierda detrás de sus espejuelos oscuros. En realidad el prisionero tenía un buen planteamiento a su favor. Suspiró y rebuscó en su bolsa del pantalón la llave. La arrojó al soldado que regresaba más ligero después de haber orinado.

—Si intenta algo, lo que sea, le reventaré la cabeza a balazos.

Karl von Graft alzó los hombros aceptando la transacción. Él no planearía una fuga en medio de la nada, y ellos le dejarían mear sin mayores complicaciones.

—¿Le quito las esposas, señor? —preguntó el soldado.

—Sólo para que pueda buscarse el miembro. Cuando termine, lo vuelves a esposar para entrar a comer —dio la orden el capitán por fin despojándose de sus lentes oscuros.

—¿Y el cigarro? ¿Me lo gané?

—Ya lo veremos... —terminó apurándolo con la mano para que fuera al mismo lugar donde el cabo orinó. No necesitó decirlo dos veces: Karl von Graft fue al mezquite y descargó un minuto de líquido amarillo que dejó vapor en el aire. El perro le gruñó al ver ensuciado su lugar de descanso. Agarró su hueso de calavera para arranarse entre los magueyes. Las gallinas le siguieron, alejándose de los hombres.

El sujeto del sombrero fedora regresó dando brinquitos para acomodar su pantalón. Se plantó frente al militar y trató de poner su mejor cara. Era un gesto burlón y sarcástico.

—¿Un par de fumadas? —pidió el prisionero. El oficial miró el cigarro que estaba fumando: le quedaba apenas un respiro a la colilla. La aventó al piso. Von Graft desesperado se dejó caer en rodillas para alcanzar los restos del tabaco y poder darle una par de caladas antes de que se consumiera por completo.

—Ponle las esposas... —le ordenaron de nuevo. El cabo alzó al aire las cadenas disfrutando el momento.

El alemán, hincado en medio de la nada, cerró los ojos y murmuró:

—*Scheiße*...

Los tres recién llegados se pararon en el umbral de la puerta. Tardaron unos segundos en que sus ojos se ajustaran a la oscuridad del interior del local.

—¡Cierren la puerta, *siñores*! ¡Los ventarrones meten tierra! —indicó una voz. Era una mujer indígena de amplias faldas que aplaudía con las manos la masa de maíz frente al comal para hacer tortillas. El cabo atrancó la puerta tras de sí. Así pudieron distinguir el alargado aposento que remataba en una barra de tabique donde un comal calentaba ollas humeantes. Entre frutas y platos sucios, a la mujer la acompañaba una muchacha delgada como vara a punto de tronar y un niño con un ejército de mocos secos debajo de las narices. Atendían a los comensales sentados en sillas de madera frente a diversas mesas decoradas con manteles tejidos. Ante una mesa estaba una familia; su ropa indicaba alcurnia. El padre era un hombre de cara alargada, con tupido bigote que hacía juego con sus redondos espejuelos. Su cabello blanco era abundante. Usaba traje de tres piezas en color cartón, con sombrero de ala corta. La llamativa corbata roja con azul aullaba ante lo gris de su persona. La madre destacaba, en cambio: sin duda había sido un mujerón en su tiempo. Lo sabía y trataba de hacer perdurar esa arrebatadora magia con maquillaje y cabello teñido de dorado. Todo empacado en un entallado vestido carmesí. Las dos hijas parecían haber robado, cada una, el estilo de sus padres: la pequeña tenía su cara salpicada con pecas traviesas y vestido de colegiala virginal, igual de aburrida que su padre. La mayor había ganado todo lo bello de la madre, pero parecía intentar esconderlo con una discreta coleta rubia y un rostro ausente de maquillaje.

Ante otra mesa los comensales comían frijoles con guisado de pollo en salsa verde. Un hombre de traje y sombrero negro con un rostro marcado por rasgos tropicales. A su lado, un campesino sucio y arrugado que movía su espeso bigote blanco al masticar, y al final, un muchacho larguirucho con camisa corta blanca, seguramente hijo del campesino.

—¿Capitán...? —saludó el hombre de corbata roja con azul soltando su tortilla para acercarse a los recién llegados.

—Capitán César Alcocer Bracamonte, para servirle —se presentó el militar ofreciendo su mano para recibir un saludo.

El hombre de cabello rizado sonrió y sacó su placa del pantalón, presentándose a su vez.

—Soy el agente de Gobernación Genaro Huerta, capitán —los dos hombres comprendieron que jugaban en el mismo equipo: debido a la declaración de guerra a los países del Eje, la milicia y los agentes de inteligencia de la Secretaría de Gobernación trabajaban hombro a hombro evitando posibles invasiones o detectando espías enemigos a pesar de la enemistad de sus mandos, el general Lázaro Cárdenas y el licenciado Miguel Alemán—. ¿Va para el Cofre?

—Sí, vamos escoltando un prisionero, el barón Karl von Graft.

—¿El Chacal de Múnich? —abrió los ojos Huerta quitándose su sombrero y rascándose su maraña de rizos. El seudónimo llamó la atención de todos los presentes que voltearon hacia Von Graft. Para asegurarse de que no lo confundieran, el cabo lo señaló también.

—La prensa exageró su historia —explicó sarcástico el oficial empujando al prisionero para que tomara asiento en una de las sillas desocupadas. Éste se quejó:

—Estoy aquí... Y por si no lo notaron, puedo escucharlo —sin embargo su comentario no pareció haber sido tomado en cuenta.

—Cabrones espías nazis. Deberían matarlos a todos por hundir nuestros barcos... —gruñó el agente Huerta escupiendo a los zapatos de Von Graft.

—Tres comidas, seño —ordenó el cabo sentándose al lado del prisionero.

—Llévales tortillas, mijo —ordenó a su vez la matrona al niño.

La muchacha de trenzas de inmediato colocó tres platos con comida. El capitán tomó asiento quitándose su gorra. A su lado, el agente Huerta tomó asiento.

—¿Y usted, agente? ¿Está de paso?

—Me toca escoltar a la familia Federmann, aquí presente... —señaló a los rubios en la mesa contigua—. Tuvieron que ir a la capital para arreglar sus propiedades en Chiapas. Tenían unas fincas de café, pero ya sabe que el gobierno expropió todo.

—¡Fue un robo! ¡Su presidente se apoderó de mis tierras como si fuera un vil ladrón! —profirió de pronto el padre dando un manotazo en la mesa, haciendo saltar los platos.

—Aquí el único culpable es su primo Hitler —el agente sonrió burlón cerrándole el ojo al colérico hombre—. Él fue quien decidió invadir la mitad del mundo. De otro modo, usted podría continuar viviendo como todo un señorito en su finca.

El alemán arrojó la silla hacia atrás, levantándose furioso.

—*Ruhig, mein Lieber...* —la esposa de aquel alemán colocó una mano en la de su marido—. Tranquilo, *Schatz...* No frente a las niñas —la voz firme de su mujer lo tranquilizó, devolviéndolo a su asiento. Ella se limitó a alzar los hombros, colocarse un abrigo de piel de zorro y encender un cigarrillo sobre una boquilla dorada como si estuviera en medio de una fiesta de alta sociedad. Karl von Graft la admiró devorándola con los ojos. Al verse descubierto, saludó inclinando su sombrero ligeramente. Ella le devolvió el gesto arrojando el humo.

—Estamos en guerra, señor Federmann. Las cosas van a cambiar para bien o para mal.

—¡Hipócritas! Saben bien que sólo se trata de dinero. Quieren sobornarnos para no ir a prisión —el empresario acomodó sus lentes y cruzó los brazos. Estaba escarlata de la cara, como si lo hubieran puesto en el comal igual que las tortillas. Su esposa lo apaciguó con una caricia.

—Podrá entender el malestar de mi marido —dijo ella—: un agente de Gobernación pidió dinero para no mandarnos al campo de concentración. Tal vez usted sea alguien decente, capitán, sin embargo está rodeado de corruptos.

—Lo siento, señora. Estoy seguro de que en pocos días quedará resuelta su situación —intentó ser cortés el militar con la bella mujer.

—Se agradece, capitán. Llámeme Greta... Greta Federmann, para servirle —respondió la mujer extendiendo su mano para saludar al militar. Éste se inclinó para besarla. Hubo un momento íntimo... e incómodo entre ellos. La señora Federmann giró los ojos hacia su mesa—: mi esposo, Ricardo... Y mis hijas, Victoria y María.

El oficial miró a las dos muchachas. La mayor tendría unos dieciocho, trataba de verse muy adulta. Faltaba algo para que tuviera las curvas de su madre, pero se veía hermosa con su aspecto de ninfa. La pequeña sólo bajó la cabeza, incómoda ante la presentación.

—No se hagan los inocentes, señora... ¿Y su hijo? —el agente Huerta intervino al ver el coqueteo entre la señora Federmann y el militar—. Dígale al capitán dónde está su primogénito...

—En Europa... —fue la respuesta lapidaria de la mujer.

—¿Se reclutó para la guerra? Debe de ser un joven valiente —continuó el juego el capitán. Mas la hija mayor se levantó de golpe, gritando:

—¡Por favor, mamá! ¿A quién engañas con tu pose de mosquita muerta...? ¡El idiota de mi hermano Gustav se enroló en el ejército alemán! ¡Está peleando con los nazis!

Un silencio embarazoso se montó en el local. La señora Federmann amplió sus labios en algo que parecía una sonrisa, la mirada saltando entre los presentes.

—¿Ustedes son mexicanos? —balbuceó el cabo intrigado.

—¡No se deje llevar por el pelo rubio! Papá nació en Chiapas, es un *Volksdeutscher*. Sólo mamá viene de Salzburgo, ella sí es *Reichsdeutsche*, ciudadana austriaca... ¡Dios! ¡Qué porquería de familia me tuvo que tocar! —continuó su berrinche la chica Federmann.

—¡Victoria! ¡Cállate! Ten respeto a tu padre...

La palma de la mano de la mujer fue más rápida que el vuelo de una mosca. Golpeó directo en la mejilla de su hija, dejándola roja cual durazno maduro. La bofetada fue contundente y sonora. La hizo sentarse de nuevo en su silla. Pero no impidió que la chica terminara de vomitar el odio contra su familia:

—¡¿Qué?! No quieres que manche tu nombre ahora que conociste a un nuevo galán... —volvió la cara al capitán—: Mamá los come vivos...

—*Halt die Klappe!* —la hizo callar su padre con otro golpe en la mesa. Hasta las tortillas parecieron brincar del susto.

—Y yo pensé que tenía problemas —susurró para sí Von Graft, que ya comía sin prestar mucha atención al drama desatado. Viró a su lado y se encontró con la mirada de la hija menor quien lo observaba con curiosidad, y miedo. A ella le preguntó:

—¿Siempre es así, preciosa?

La infanta María alzó los hombros, sin poner atención a la escena familiar que había tenido que sufrir. Era como si esos sucesos fueran lejanos, y hubieran ocurrido en otro mundo.

—Ellos pelean, sí. Pero no los escucho.

El apresado sonrió. Extendió las manos esposadas a la niña para saludarla al fin.

—Hola, soy Karl. Creo que seremos compañeros en la prisión de Perote...

—Mi nombre es María... —se presentó ella, apenas tocando los dedos de la mano del hombre.

Y fue cuando lo vio todo.

María Federmann tuvo un desprendimiento, de esos que pensó que había dejado de tener en su casa en Chiapas. Ya no estaba en medio de la carretera rumbo a la prisión en la fortaleza de San Carlos en Perote, Veracruz. Ni miraba a todos los presentes. Estaba lejos, en otro lugar. Un sitio alto, entre montañas nevadas que miraba a un extenso lago brillante. Era un lugar hermoso, un paraíso boscoso. Y ahí, en ese lugar, estaba el recién conocido Karl von Graft. Mas no estaba solo, había hombres con uniforme a su alrededor. No verdes, como los del capitán. Grises y elegantes, con botas altas, repletos de radiantes medallas. Todos reían, pero más aún el pequeño hombre de uniforme café: el centro de todo. Tenía un pequeño bigote debajo de la nariz, que caía al igual que su copete negro que trataba de cubrir su calvicie prematura. Carcajeaba, pero en su mirada había muerte, mucha muerte. María lo sabía porque podía oler las miradas. Al menos así lo pensaba: apestaba a pelo quemado y se paladeaba el sabor metálico de la sangre. Por eso sabía que ese hombre de sueños gigantes exudaba asesinato. Y de pronto sacó una pistola de su cartuchera para entregársela a Von Graft. Éste la recibió con un gesto de placer. María trató de gritar, pues sabía que era para matar a Blancanieves. Y no se equivocaba: Von Graft caminó a un extremo del sitio, donde la bella Blancanieves, con su traje azul, amarillo y rojo, tal como lo vio en la película de Walt Disney, estaba hincada llorando. Intentó suplicar por su vida. Nada conmovió a Von Graft que colocó la pistola Luger en la sien de la bella princesa para disparar sin piedad. Sangre y sesos salpicaron su cara. El cadáver de la princesa se derrumbó en el piso con un gran charco de sangre alrededor. La bella princesa se convulsionaba y…

—¡Noooo! —gritó María histérica soltando la mano del prisionero. Todos voltearon a verla. Von Graft era el más asustado. El capitán de inmediato corrió hacia el prisionero, llevando su mano al cuello para ahorcarlo.

—¡No hice nada! ¡No le hice nada! —intentó explicar Von Graft sin entender el terror en aquella niña. El cabo colocó el cañón de su pistola en el pecho del prisionero. Todo era gritos y caos. María derramaba grandes lágrimas mientras decía algo al oído de su hermana Victoria quien la abrazaba intentando calmarla. Fue entonces que la joven Victoria se levantó, interponiéndose entre el militar y Von Graft.

—¡Déjenlo!… Le juro que no pasó nada. Mi hermana se asustó por una araña. Ella es… *especial* —explicó la muchacha. El capitán, fastidiado, echó un vistazo a todos. Convencido de que fue un mal entendido, soltó a Von Graft. Un ambiente tenso permaneció sin embargo en el cuartucho de aquel comedor. Por eso fue extraño que el campesino que comía al lado de la barra diera un gran eructo. Eso hizo que algunas risas brotaran y la situación se aligerara:

—Perdón… Los frijoles me causan gases…

—Creo que mejor nos vamos —indicó el agente Huerta señalando a la familia Federmann. No hubo despidos ni cruce de miradas. Salieron del local apenas el hombre dejó un billete para pagar por las comidas. El capitán suspiró ante lo vivido y se sentó para poder comer su almuerzo en calma. Sólo alzó los ojos para inyectarle un poco de terror a su prisionero:

—No te ganaste ese cigarro, pendejo…

III

Camilo volvió a eructar. Sintió cómo los gases emergían por su garganta, dejándole un sabor de epazote en la boca. Los frijoles que había almorzado no parecían sentirse a gusto en su estómago. Ya su mujer se quejaba que después de veinte años de matrimonio lo único que recibía eran pedos y no besos. Tampoco ayudaba el ajetreo del tractor, sacudiéndolo mientras araba la tierra. Su hijo, que lo seguía a pie, ni se inmutó por sus flatulencias. Estaba tan acostumbrado que seguramente había creado un método para no olerlos ni escucharlos. El campesino siguió conduciendo el artefacto y se golpeó en el pecho para lograr extraer todos los gases. El último eructo fue tan sonoro como la erupción de un volcán.

Eran buenos tiempos para el campo. Había conseguido apoyo del gobierno para comprar el tractor y un cliente le había asegurado ya la compra de la cosecha. Se había asesorado con su prima, una maestra rural con ínfulas de terrateniente política de la comunidad de Alchichica, para adherirse a un programa de adquisición de maquinaria agrícola. La comunidad había sido inyectada de apoyos federales para las cosechas y el ganado, por eso el estado de Veracruz vivía bonanza. Su tierra había encontrado de nuevo fertilidad, regresando a tiempos más triunfantes. Había vestigios de esas épocas con los viejos cascos de las haciendas abandonadas. Pero también en los restos prehispánicos de localidades que comerciaron con la costa y el centro del país de manera exitosa. Era común que lo que se creía un montículo no era más que vestigios de una pirámide cubierta por el tiempo.

Una gélida corriente golpeó a Camilo y su hijo, anunciando la pronta llegada del invierno. Alzó la mirada para ver el majestuoso volcán que seguramente terminaría nevado en pocas semanas, al igual que toda esa zona. El Cofre de Perote, o Nauhcampatépetl. Con su escarpada pared en forma de herradura, se levantaba al terminar su propiedad. El viejo limpiaba el terreno para sembrarlo pasando el año siguiente, cuando la nieve se hubiera derretido. Mas no había sido un tarea fácil, como creía, incluso con la ayuda del tractor. Quitar piedras y remover la tierra resultó un trabajo agotador. Quería enseñarle a su hijo como hacerlo, ya que él heredaría esas tierras. En general había sido un buen día de jornal, pero el almuerzo en la fonda lo llenó de gases.

Para Camilo el melodrama presenciado no le afectaba, pues desde que habían implementado la prisión para alemanes en la fortaleza de San Carlos, escenas así eran comunes. El tractor se detuvo: había golpeado con algo y no deseaba que una descompostura lo arruinara. Descendió para percibir lo que había descubierto. Fue cuando halló la piedra. Era un pedazo pétreo anodino que brotaba unos centímetros del piso. De textura lisa, distinta de las rugosas piedras volcánicas de la zona. Con la mano despejó la tierra, descubriendo que poseía hendiduras rectas, demasiado perfectas para ser causadas por la erosión: tal vez labradas por un antiguo habitante. Decidió que había que quitarla del camino.

—Tráete la pala… —ordenó a su hijo. El chico sacó la herramienta de la parte posterior del vehículo. Camilo de inmediato se dedicó a limpiar alrededor del mojón. Al descubrirla, percibió una extraña sensación de muerte y putrefacción, como si se tratara de los restos de una tumba. Era una sensación en su mente, algo que apuñalaba su cabeza ante cada palada.

Se detuvo y pidió a su hijo que continuara. El muchacho aceptó el encargo sin remilgos. Pensó que así se libraría de esa sensación de pesadez y morbosidad, pero ésta persistió, latente.

—Es una calaca, pa... —murmuró el chico. Camilo tuvo que dar un paso atrás para comprenderlo: la piedra parecía haber sido labrada asemejando una boca abierta con dientes. Dos círculos en la parte superior imitaban las cavidades de los ojos y una perforación triangular en la parte media como nariz. Sin duda, el primitivo artista deseaba emular una calavera.

Metió de nuevo la pala para hacer palanca y la roca se movió dejando entrever un hueco en la parte inferior. Tal vez la entrada a una caverna o una madriguera de animal, pero el tufo que emergió fue de una fetidez terrible. Camilo y su hijo absorbieron esos gases, que los hicieron toser y lagrimear. Era un olor tan penetrante que se apartaron llevándose el brazo a la nariz. Se trataba de un hedor único, a piel fermentada y el aroma metálico de la sangre coagulada.

—Mira, pa... —señaló el hijo a un lado de la primitiva escultura. Camilo se agachó para recogerlo: era una figura de unos veinte centímetros de barro. Humana al parecer, en cuclillas y con las manos al frente. En sorprendente estado. Sólo el rostro le parecía extraño, como si abajo hubiera un esqueleto que trataron de cubrir con una máscara sonriente. Toda la figura aún con vestigios de color rojo.

—¡En la madre, mijo! Encontramos una pinche pirámide... —logró decir al visualizar mejor el figurín de un dios prehispánico que había terminado su sueño milenario.

IV

Dos centinelas los recibieron parados en cada extremo del acceso, rectos y mirando al frente. Su integridad manifestaba porte castrense, el mismo con el que habían permanecido en ese puente por más de dos siglos. Eran centinelas de piedra, cuidadores de la fortaleza, enmarcando el acceso del infierno. La leyenda narraba que se trataba de soldados catalanes que tiempo atrás dejaron su sitio de custodios para pelear entre ellos en busca del amor de una pueblerina. Ambos murieron en un abrazo mortal cruzando sus bayonetas. Ante su delito, el rey español ordenó levantar las estatuas para que vigilaran por la eternidad. Sólo la pequeña María volteó a verlos. Su familia seguía incómoda con los brazos cruzados esperando llegar a su destino. Para la pequeña María no fue necesario tocarlos, en un parpadeo logró vislumbrar las escenas de la leyenda: el antiguo fuerte, la mutua muerte, la mujer que los lloraba y la última voluntad del monarca. Sin entender del todo la fábula, la joven paladeó esas imágenes ajenas a ella, descartándolas como un peligro. Había logrado entender que entre sus visiones, algunas eran sólo ecos del pasado. Victoria, en cambio, rumiaba el ardor en su mejilla, a causa de aquella bofetada. Más por ego dolido que por sufrimiento físico. Odiaba tener que vivir esclavizada a sus padres. Sentía que podía mantenerse por sí misma, alejándose de las complicadas relaciones familiares.

El automóvil Packard remontó el camino entre el acceso hasta el gran portón del fuerte que remataba en un arco. Esa guarnición les daba la bienvenida con un escudo que había visto guerras y hambrunas, coronado por un mástil que ondeaba la flamante bandera mexicana. La boca de la puerta los devoró, cubriendo el vehículo con sombras para volver a salir a un pasillo, llamado pozo. Detrás de los gruesos diques del castillo en forma de cruz de cuatro picos estaba el edificio central, un cuadrado que confinaba un gran patio central abierto. Los muros de la construcción no escondían su arcaica antigüedad. Eran paredes encaladas que abrigaban las gruesas piedras con las que fueron erigidas. La portentosa edificación había sido levantada en 1777 por orden del virrey Antonio María de Bucareli y Ursúa como defensa para el medio camino entre la costa del Pacífico y la Ciudad de México. Se decidió que la llanura al norte de la montaña, el Cofre de Perote era el lugar ideal por su importancia en la táctica militar. El sitio había sido parte fundamental en la historia de México: sirvió como defensa de los realistas en la guerra de independencia, de resistencia en la invasión norteamericana, cárcel de los próceres nacionales, como fray Servando Teresa de Mier o Xavier Mina, y el lugar donde falleció el primer presidente de la nación independiente, Guadalupe Victoria.

Después de haber sido colegio militar, fuerte de resistencia y cárcel, el gobierno del presidente Ávila Camacho resolvió que sería el lugar perfecto para montar un campo de concentración de enemigos de la República Mexicana. El furor popular contra los llamados países del Eje, Alemania, Italia, Japón, a causa del hundimiento de los barcos petroleros *Potrero del Llano* y *Faja de Oro*, impactó negativamente en las comunidades de extranjeros con esos orígenes. Ciudadanos alemanes fueron desarraigados de sus propiedades y se les concentró tierra adentro, en San Carlos de Perote, señalados como un riesgo para la seguridad nacional.

—Hemos llegado, señores —informó el agente Huerta. Manipuló el automóvil para estacionarse al frente de la acogida de la plaza, que daba a una escalera doble que conectaba las oficinas principales. A los pies de éstas, un hombre de traje cruzado. Bajo y con cabello que peleaba por desaparecer de su cráneo. Un bigote delgado se movía de un lado al otro, esperando a la comitiva. En sus solapas, el escudo del gobierno mexicano y del partido político que lo gobernaba. Más adelante, un camión militar. Un grupo de soldados bajaban cajas con la leyenda "Ejército Mexicano". Lo hacían con cuidado, como si se tratara de vajillas costosas.

—Director Salinas… —saludó el agente Huerta dándole un gustoso apretón de manos—. La familia Federmann vuelve a su confinamiento.

—¡No la frieguen! ¿No llegaron a ningún acuerdo con mi contacto en la Secretaría? —preguntó el hombre alzando la ceja al unísono de su mostacho.

—Creo que terminó con un ojo morado, obsequio del señor Federmann… —explicó apenado el agente quitándose el sombrero. La familia Federmann ya estaba atrás de él, por lo que la esposa se interpuso arrojándolo a un lado para hablar directamente con el alcaide.

—No fue mi esposo… ¡Fui yo! —dictó llevándose su boquilla del cigarro a la boca, esperando que el licenciado hiciera su labor de caballero. Éste, levantando su bigote, intentó ocultar la risa que trataba de emerger. Sacó un cerillo y prendió el cigarro de la belleza rubia. Luego extrajo uno de sus vicios sin filtro para acompañarla. La elegante Greta Federmann y el licenciado intercambiaron miradas cómplices.

—Greta… Greta… Dime que no tendré que mandar una carta de disculpas al licenciado Miguel Alemán —murmuró divertido el director del sitio.

—Toño, el problema no fue con Miguelito. Ni siquiera nos quiso recibir, el muy cabrón… Se trata del imbécil que trabaja en su oficina, un tal Blanquet.

—No hagas eso, Greta. Somos pocos y nos conocemos mucho en el partido.

—No quiero verme como un malagradecido —gruñó el señor Federmann—, pero te he dado mucho dinero y de nada ha servido...

—Richard, querido amigo, tú sabes que mientras estés aquí tendrás prioridades. Pero no puedo hacer más. Las elecciones se acercan y la disputa está cabrona. El general Maximino Ávila Camacho no quiere que el licenciado Miguel Alemán sea candidato. Te agarraron en medio de una bronca.

—*Genau!* Por mí, el hermano del presidente puede ir a joder a su madre... —gruñó el señor Federmann sacando su portafolio de cuero del automóvil. El agente Huerta se quedó mirando cómo los soldados descargaban del camión esas extrañas cajas. Se acercó al licenciado Salinas, y de manera discreta preguntó al oído:

—¿Y eso, señor? —señaló el cargamento.

—Órdenes del general Cárdenas: se mandó el 2º Regimiento Aéreo a peinar las costas de Veracruz con unos aviones P-38 que nos vendieron los gringos... Los pinches submarinos alemanes ya nos comenzaron a hundir barcos —respondió el alcaide sin darle importancia.

—¿Y qué? ¿Traen los aviones en piezas como un mecano? —jugó el agente.

—Bombas GP de fragmentación de 500 libras. Todo un regalo del tío Sam para chingarnos a nazis.

—¿Y a poco sí las usan? —terminó burlándose el hombre acercándose un poco a las cajas.

—En la zona de Bustos, aunque no lo crea, agente, casi le damos en la madre a dos submarinos... Esos aviones no son de juguete.

Mientras los hombres charlaban, Victoria, desde que bajó del automóvil, notó a un grupo de personas al otro lado de la plaza. No era algo fuera de lo inusual, sólo prisioneros, de los comunes, quizás en camino a la zona de comedores. Uno de ellos, un hombre alto y delgado, con una distintiva cabeza rapada, de pronto cayó al suelo sobre sus rodillas, llevándose las manos a los oídos. Al parecer sus compañeros lo trataron de ayudar pues estaba teniendo un ataque epiléptico. Victoria dio un paso al frente para intentar observar mejor. Fue entonces que la mirada de ese calvo cayó sobre ella. Pese a la lejanía, ella vio voracidad en esos ojos, la estaban devorando con la vista. Sintió un escalofrío recorrer su cuerpo.

—¿Qué le pasa a ese hombre? —preguntó la chica mientras sus padres voltearon a ver el incidente.

—Se habrá desmayado por el sol… —indicó el alcaide, licenciado Antonio Salinas, quien procedió a invitar a los recién llegados a pasar a su oficina.

Ni su hermana, menos sus padres, se percataron de lo que le sucedía a María. Ella estaba absorta en sus pensamientos cuando descendió del automóvil, sin poner atención en las charlas de adultos. A María le gustaba el licenciado Salinas. Era amable y siempre los invitaba a comer con su familia. Pero más por ser el padre de su amigo, Toñito. María tampoco se fijó en los sucesos que llamaron la atención de su hermana, pues estaba más preocupada por bajar la maleta para poder enseñarle a Toñito las cosas que había adquirido en la capital. Fue cuando comenzó a oler ese tufo a carne podrida. Al principio sólo restregó la mano en su nariz para tratar de alejarlo, pero el olor aumentó hasta rodearla de tal manera que comenzó a tener *color*. Eran colores imposibles de definir, tonos que nunca antes había visto, matices que existieron en la Tierra pero que habían desaparecido ya. Éstos venían con la hediondez que formaba figuras alrededor de ella. No se trataba de una visión más, sino de algo mayor. Sus encuentros psíquicos eran simples parpadeos, esto era un terremoto. Algo grande, tan gigante que sobrepasaba los altos muros de la prisión. Podía imaginar una figura humana que volvía a caminar hacia ella y extendía la mano para llevársela a la boca. En esa figura apreció la carne viva, músculos que se entretejían formando extremidades y expulsando ese hedor terrible. María sabía que estaba cerca, muy cerca de ella.

—Ven, entremos —indicó su madre desbaratando sus quimeras para regresar a la vida real.

La familia Federmann subió las escaleras acompañando al licenciado Salinas.

—Que lleven sus maletas a sus habitaciones —comentó el licenciado haciendo un gesto a uno de los soldados que pasaban—. No era el plan original que se quedaran más tiempo, pero mi mujer y Toñito estarán felices de verlos de nuevo.

—Me gustaría continuar nuestra amistad en otros ambientes, Toño —gruñó Greta resignada a regresar a las habitaciones húmedas y frías que tenían como hogar. Muy distintas a su cálida y amplia hacienda cafetalera en Chiapas que les confiscó el gobierno.

—Lo sé, lo sé… Mira, todo se fue a la fruta con eso que hizo su hijo. Cuesta trabajo hacerles entender que fue su decisión, y no la de ustedes —intentó disculparse el director entrando a su oficina. El sitio donde despachaba era amplio, con una ventana mirando al patio. Las paredes permanecían adornadas con la fotografía del presidente Ávila Camacho y un óleo de las cumbres boscosas de Veracruz. Para tratar de aligerar el viaje de sus amigos desde la capital, sirvió tres copas del juego de cristal cortado que adornaba el escritorio. Una copa cayó en manos del padre, otra en las de la madre, y la última fue para él.

—Gustav tiene mayoría de edad. Si no me hacía caso ni para peinarse, menos en lo que respecta a sus inclinaciones políticas —se quejó Greta bebiendo de golpe la copa.

Su esposo se sentó en el sofá de cuero al lado del escritorio, dejando caer su frustración:

—Soy amigo cercano del gobernador en Chiapas y le puse dinero para su campaña, pero nada de eso ha servido —Richard sacó de su bolsillo un prendedor parecido al del licenciado con el símbolo del Partido. Su esposa mientras disponía de sus hijas, dándole indicaciones a Victoria al oído. Ambas se despidieron con una leve inclinación y salieron de la oficina.

—Dile eso a los agentes gringos, Richard. Ellos sólo ven apellido alemán y te fichan.

—¿Y por qué está libre esa puta de la Krüger? ¿O el cabrón de Hellmuth Oskar Schreiter en Guanajuato? —se quejó Greta sirviéndose otro trago sin pedir permiso.

—Sabes que son gente cercana al secretario de Gobernación… —alzó hombros el licenciado Salinas.

—*Macht nichts!* ¡Yo soy cercano a él! —gimoteó Greta desesperada—. Mira, no quería hacerlo, pero necesito que le mandes un mensaje personal. Dile que yo pido su presencia.

Richard Federmann giró hacia su esposa, sorprendido. Era una solicitud que revivía viejas rencillas en casa y que hablaba mucho de los problemas que tenían entre ellos.

—Es complicado, Greta —susurró el alcaide.

—Encárgate de mandarlo, sólo hazlo —ordenó imponiéndose.

—Haz como dice Greta —se resignó el señor Federmann apretando los labios. Intentó exponer su decisión—: No han sido días fáciles para nosotros… ¿Recuerdas cuando dieron la noticia del hundimiento del barco mexicano? Algunos salvajes comunistas rompieron a pedradas los ventanales del Casino Alemán y de la Librería Alemana.

—Te comprendo, Richard —movió la cabeza aseverando—. Todo ha cambiado con esta guerra. Yo nunca pensé terminar en este culo del infierno. Quería ser diputado, pero dicen que me gané este puesto por mi lealtad… ¡Pura chorrada!

—Fuiste a las fiestas equivocadas —Greta le acarició la mejilla con un gesto triste, asumiendo la mala suerte de ambos—. Llevarte con el cabrón del hermano del presidente no te trajo nada bueno.

—Puede ser el siguiente…

—Y yo puedo ser el mago de Oz —protestó Richard apurando su bebida.

—Y aquí estamos, Richard. Sólo es política —el licenciado colocó la mano en el hombro de su amigo—. Haré lo que tu esposa dice, mandaré esa nota al secretario de Gobernación y veamos si podemos sacarte antes de Navidad.

—Un invierno aquí es un pesadilla —se quejó Greta mirando por la ventana de la oficina.

María y Victoria caminaban por entre los largos pasillos lóbregos de la fortaleza. Túneles con poca luz y ese olor fastidioso a humedad. Victoria se había quedado inquieta por lo atestiguado en el patio. Trataba de que no le afectara, rumiando su odio a su familia y la incapacidad de lograr que los dejaran libres. Aborrecía estar ahí, no por el confinamiento, sino porque se perdía las reuniones con sus compañeras de la capital y las fiestas en búsqueda de muchachos guapos. Estaba segura de que Raquel, su amiga, había encontrado un novio con dinero que ya la paseaba por las heladerías de la colonia Roma o en las cenas del Frontón México. María le seguía en silencio, aturdida por la imagen de ese gigante que vio en su mente, con un gesto que no representaba nada: ni felicidad, tampoco tristeza.

—Escuché un ruido…

—Yo no —murmuró María.

—En la fonda… ¿Viste algo, verdad? —preguntó Victoria. Su hermana no comprendía del todo el don de María, pero entendía que era real. Más de una vez se había vuelto verdad lo que había predicho. Quizá para sus padres sólo eran delirios de una niña con exceso de imaginación, pero Victoria intentaba ayudar a María, al menos comprendiéndola. Apoyaba a su hermana aceptando que era diferente, y que esas visiones podían ser más una pesadilla que una bendición.

—Algo… fue distinto. Me puso nerviosa… —rumió María intentando acordarse de lo percibido, mas era ese gigante que apareció en sus visiones lo que temía.

—Ya sabes que si se te muestra algo, puedes decirme —le instruyó su hermana.

Otra vez el ruido. Las dos voltearon. Algo se acercaba a ellas caminado entre oscuridades. Se tomaron de las manos.

—¡*Buuuu!* —gritó un niño en pantaloncillos cortos de la misma edad que María. Toño Salinas se carcajeó burlándose de ellas.

—¡Estúpido! —bufó Victoria continuando su andar hacia sus habitaciones. El chico saludó alzando la mano. María le sonrió.

—¿De regreso? —preguntó sarcástico el chico con las manos en los bolsillos—. Me extrañaban, por eso regresaron.

—Ni en sueños, idiota —clamó Victoria golpeándole el omóplato. El muchacho chilló exagerando el dolor.

—¿Es cierto que vieron a un verdadero espía? —cuestionó intrigado.

—¿El Chacal? Sí, es un idiota como tú —rezongó Victoria entrando a su habitación. María de nuevo le sonrió. En su mundo poco entendía de algunos comentarios burlones, pero había aprendido a sonreír al escucharlos.

—Sí, me extrañaron… —concluyó complacido el chico.

V

—¡Monje, es hora de comer! —le gritaron desde el otro extremo. El eco entre los gruesos muros rebotó cual pelota de tenis para llegar a los oídos del desatento hombre. Alzó la mirada y pudo ver quién le hablaba: era Barcelona, el marinero germano-español con el que compartía catre. Dejó de escribir en su libreta e hizo un gesto de haberlo escuchado. Mas el marino no se movió, esperando a que su compañero lo siguiera al comedor. Éste continuó escribiendo, indicando con un movimiento de la mano: *Vamos, ve tú. Déjame de chingar. Estoy trabajando.*

Barcelona alzó los hombros y desapareció entre los pasillos de la fortaleza, uniéndose al murmullo de los prisioneros que asistían a la campana que llamaba al almuerzo. El Monje Gris continuó escribiendo sus pensamientos en una oprimida letanía llena de adjetivos con letra pequeña sobre una de sus libretas. Llenaba cuadernos con esos pensamientos, cientos de ellos. Plasmaba sus ideales filosóficos, delirios sexuales con dibujos explícitos, reflexiones sobre la historia de México comparando viejos dioses con ángeles, teorías de conspiración antisemitas sobre el dominio mundial y planteamientos donde aseguraba que en la búsqueda de la sabiduría de los secretos del vasto universo, esos descubrimientos dañaban la cordura de una persona, pues la mente no estaba preparada para tal entendimiento. Excepto la suya, claro.

El Monje Gris pasaba la mayor parte del tiempo cavilando en todo, literalmente en todo. Era un elegido con el poder de la sabiduría universal, un tocado de inteligencia sobrehumana, alguien en quien la moral se desvanecía. Al menos así lo suponía, y así lo expresó en los juicios en su contra, culpado de asesinato. Podrían haberlo encerrado en La Castañeda, pero su origen germánico lo llevó al campo de confinamiento en San Carlos. Una repentina donación monetaria de su hermano ayudó a su encierro en ese lugar frío y olvidado. Era una manera de esconderlo y desentenderse de él. Aunque para su viciada mente sólo se trataba de una prueba de frustrar su cruzada personal.

Hace dos años, en 1941, meses antes del ataque japonés a Pearl Harbor, una denuncia llegó a las autoridades de la Ciudad de México. Hablaban de un extraño suceso en una mansión situada en avenida San Ángel, dentro de un barrio ostentoso y distinguido. Al llegar al lugar, la policía descubrió algo insólito: la sirvienta y el mozo, totalmente desnudos y hambrientos, estaban encadenados con oxidados grilletes a la pared. Y en una de las habitaciones, la señora de la casa, Geraldine Schulz, yacía muerta con un disparo en el costado. La policía indagaría que esa mansión estaba a nombre del ingeniero Adolf Schulz, de orígenes alemán y polaco, nacionalizado mexicano. Ese hombre estaba casado con la difunta y tenían un hijo que no se encontraba en el lugar. En el reconocimiento de la casa, la policía descubrió el acceso al sótano. Ahí se encontraba un cuarto con complejos instrumentos de tortura. Era en ese lugar donde sometía a humildes muchachas recién llegadas a la ciudad, que al parecer caían en las mentiras del patrón. Sorprendidos, los agentes unieron las declaraciones de los sirvientes para comprender que ese hombre estaba totalmente demente. Al ser detenido en su oficina, en el centro de la ciudad, Adolf Schulz declaró que los actos cometidos eran con la única finalidad de poder descansar su mente debido al esfuerzo del trabajo intelectual al que era sometido. En pleno delirio, incluso trató de incriminar a su esposa, a quien negó haber matado. En otro momento también afirmó que el asesino de su mujer sin duda habría sido un agente nazi infiltrado que deseaba robarle sus descubrimientos científicos. En su interpelación con los agentes ministeriales, Schulz relató la manera en que salió de Alemania cruzando Francia y Portugal, llegando por La Habana, perseguido por el régimen fascista de Hitler, hasta arribar a México con dos de sus hermanos. Aclaró que evitaron los Estados Unidos por la corrupción a la raza, por aceptar negros en su sociedad. En México encontró trabajo en la recién formada Pemex como científico inventor en el ramo de la industria química: Petróleos Mexicanos le había creído sus exposiciones delirantes. Finalmente, Adolf Schulz quedó formalmente preso por los delitos de lesiones, disparo de arma de fuego, secuestro con tormento y asesinato involuntario de su esposa. Su abogado, el famoso Bernabé Jurado, interpuso una demanda de amparo, alegando que el juez había violado preceptos constitucionales. La demanda fue negada, por el origen de los delitos, sin embargo consiguió que se declarara no apto para el juicio disminuyendo su condena por problemas mentales. Al ser ingresado al penal de Lecumberri, Adolf sólo iba envuelto con una tela gris y decía ser un filósofo de la Antigua Grecia, por lo que custodios y presos le apodaron el Monje Gris. Así fue como obtuvo su singular sobrenombre. Durante el tiempo que estuvo en la cárcel, su abogado y sus hermanos repartieron dinero para mejorar su estancia, logrando que fuera llevado a Perote por su ascendencia alemana a pesar de ser nacionalizado mexicano, pero sin duda era para mantenerlo lejos de ellos y de su hijo que pasó a ser cuidado por su hermana.

El Monje Gris suspiró, mirando sus apuntes en la libreta. No estaba molesto por estar encerrado, sino por haber perdido los instrumentos científicos de su casa, para seguir con las investigaciones que tanto le apasionaban. Guardó sus apuntes en su maleta donde escondía sus pertenencias, y se encaminó al salón para comer. Odiaba tener que interactuar con los demás presos. Los sentía como borregos. *Ba, ba, ba.* Balen cabezas de algodón. No saben que son sólo marionetas de los grandes inmortales. Rían, fantoches y bufones de la idiotez, disfruten su ceguera del conocimiento pues nunca entenderán el futuro que nos avecina.

Salió al patio, entrecerrando los ojos cuando el sol le golpeó el rostro calvo. Y escuchó esa voz potente y sonora. No, no estaba ahí, se encontraba cerca. Le llamaba implorando reconocimiento e invocaciones. ¿Eran ellos? ¿Los inmortales que venían por él? Esa voz fue tan potente que lo derribó. Se hincó en el piso sin fuerza, tapándose los oídos. La voz dolía, rasgaba su ser como navajas que cortaran el interior de su audición. Lloró, no sólo de dolor, también de felicidad, pues por fin sus plegarias habían sido escuchadas y el gran conocimiento del Universo le sería develado.

—¿Qué sucedió Monje? —le ayudó su compañero de celda, que al verlo caer al suelo corrió hacia él. Un par de soldados, celadores de la prisión, también le asistieron. Apresaban sus articulaciones pensando que se trataba de un ataque epiléptico. Pero no, no era enfermedad, era éxtasis. Alguien había destapado la tumba eterna de un infinito, el Monje Gris sabía que había removido la piedra que lo mantenía durmiendo. Era el principio de un nuevo mundo, una renovada muerte. Y abrió los ojos, dejando que la voz se disolviera en su locura, para poder ver que le ofrecía.

Al otro extremo del patio, descendiendo de un automóvil negro recién llegado, la advirtió: era joven y pura, virgen, con ojos claros que lo miraban con asombro y terror. No era como las mujeres indígenas que había secuestrado para su cuarto de torturas. No, esta ninfa era un regalo para él. Entendía que el infinito le estaba obsequiando ese pedazo de carne blanca para su gusto, para hacer con ella todo lo que deseara. Sonrió de manera tonta ante las preguntas de los custodios para saber si estaba bien.

—¿Qué le pasa a ese hombre? —preguntó Victoria Federmann al mirar cómo se desvanecía un calvo al otro lado de la plaza. Sus padres voltearon a ver. Asustados prefirieron huir aferrando el hombro de su hija.

—Se habrá desmayado por el sol... —indicó el alcaide del centro de confinamiento, invitando a los recién llegados a pasar a su oficina.

VI

A través de la fina corteza de tierra mojada, el ser divino olisqueó de nuevo el aire libre. Le supo más ligero, lleno de nuevos retos por conocer. Esa bocanada despertó sus adormecidos sentidos inmovilizados por siglos. Encontró sus movimientos frágiles, oxidados por su estancia en esa tumba. Sus ojos sin pupilas volvieron a encontrase con la luz del sol, con esos pétalos luminosos del venerado Tonatiuhtéotl. Era placentero sentir sobre su carne viva esa sensación cálida. Una mano delgada y descarnada, dejando restos de gusanos atrás, brotó de la gruta que había sido su prisión. Quitó la piedra que servía de portón. La enorme pieza, que les había sido imposible mover a Camilo y su hijo, rodó sin resistencia ante su fuerza.

Sintió el cercano invierno, la estación cuando todo moría para revivir en la primavera. Halló una aglomeración de sensaciones que le indicaba la existencia de miles de nuevos reinos que dominar. Sintió en su boca el sabor reconfortante del terror de los humanos, el mismo con el que era alimentado con corazones de vírgenes. Su cuerpo fue dejando atrás la tierra, dispersando más de ese tufo que había hecho huir a Camilo. No logró alzarse pues sus piernas estaban aún débiles, atrofiadas por los siglos de permanecer en un estado de semimuerte. Quizá la piedra que le servía de prisión ya no lo retenía al haber sido apartada por el campesino, pero también existía algo en el ambiente que lo invitaba a retomar su reinado, sabía que era un llamado, un rezo de nuevos acólitos.

Más del doble de alto que un humano, sin seguir las proporciones normales. Las extremidades, delgadas y largas, poseían dimensiones enormes. Todo él, carne viva. Libre de su celda, entendía que debía resguardarse. Se arrastró al bosque cercano, el mismo que servía de principio para el monte del Cofre de Perote. No reconocía el paisaje, pues lo que habían sido pirámides levantadas en su honor ya sólo eran montículos cubiertos de hierba. No vio centros ceremoniales con las ofrendas que podrían haberlo alimentado ante su hambruna, ni rastro alguno de sus devotos. No habría vírgenes ni corazones. Sólo vio al lado de su tumba ese objeto cuadrado rojo que no poseía nada de interés para él. Olía desagradable, a algo que le picaba sus sentidos. La gasolina no le gustó, menos cuando agitó el objeto rojo y se desbordó. Pensó que era su sangre, pero sabía fuerte, venenosa. Comprendió que los humanos seguían ahí, pues había vestigios de su presencia. En especial su emanación: todos hedían a orines y caca.

Terminó escondiéndose entre los árboles, castañeando su dentadura ante el cansancio y el gran desgaste de emerger de su confín. Entonces vio a sus primeros humanos: dos hombres, uno que olía a enfermedad, a gases estomacales. Era viejo y decrépito. A su hijo lo paladeó sabroso. Detrás de ellos le seguía una comitiva, gente del pueblo cercano. Para el ser divino sólo eran parte del rebaño que lo adoraría. Con ellos venían más objetos cuadrados como el rojo de la sangre de veneno. Los humanos se juntaron ante las piedras de su sepulcro. Estuvieron mirando el descubrimiento y se marcharon, quedándose sólo los hombres que removieron la piedra.

—¿Crees que nos den dinero, pa? —preguntó el joven a su progenitor que permanecía en cuclillas mirando la tumba descubierta.

—Lo pediremos, mijo. Es nuestra tierra. Si quieren estas piedras, tendrán que pagar —contestó Camilo. Se levantó, rascándose la cabeza al comprender que su tractor había cambiado de lugar y un charco de gasolina emanaba de él. Alzó la mirada hacia el bosque, donde los ojos divinos lo vigilaban. Le pareció ver algo. El campesino no comprendió qué era, pero se sintió atraído.

—Hay alguien entre los árboles… —murmuró el hijo que se encaminó al bulto. El olor a podrido se hizo insoportable.

—Debe ser el cabrón de Hipólito. Ése quiere quitarnos la tierra… El desgraciado no tiene llenadera —murmuró Camilo. Del tractor sacó un viejo revólver que guardaba en la caja de herramientas. Con la seguridad del arma en sus manos, siguió a su chamaco hacia el bosque. El viento agitó las ramas, haciéndolas crujir.

Su hijo se detuvo al borde de la pared de árboles, mirando las grandes pisadas y el rastro del ser divino. Se hincó revisando la hojarasca compactada por el gran peso. Imaginó que no podía ser humano, era muy pesado, muy grande. Entre sus meditaciones, una larga y poderosa garra toda músculos sangrantes salió de la parte alta de los pinos para con las uñas cruzar su corazón. Camilo volteó ante el grito. Sólo sacó el arma de su cinturón para disparar una y otra vez. El dios sintió el dolor de las balas, pero supo que no eran mortales, ya que se fundían con su carne viva. La boca se extendió mostrando los colmillos, y se cerró de golpe. Una cascada de sangre emergió del hombro de Camilo ante la desaparición del brazo con la pistola. Masticó la parte del cuerpo arrancada, trozando los huesos como si fueran un suculento caramelo. Volvió a abrir las poderosas quijadas, para arrancar la cabeza. Ésta la tronó en su boca, saboreando el relleno. Fue el primer alimento en siglos. El dios estaba exhausto tras su resguardo milenario.

Saciado, el ser desollado se arropó entre las raíces para retomar fuerzas, para tomar un nuevo sueño, pero esta vez reparador.

VII

13 de noviembre de 1943
Veracruz, México

¿Te acuerdas de esos días en Barcelona, osita? ¿Puedes recordar aún el olor del chocolate caliente con churros? ¿Aún tendrás mi aroma después de que hicimos el amor en el hotel? Yo ya he perdido tu olor. Sé que olías a aceite virgen, a rosas y un poco de tomillo, pero no lo recuerdo. Sólo son las palabras las que se albergan en mi cabeza. No hay recuerdos de esos aromas. Sé que tu piel era como seda, pero mi tacto la olvidó. ¿Sabes qué si recuerdo bien? Las bombas a lo lejos en la ciudad, Barcelona. Sí, esas explosiones que parecían acompañarnos cuando llegabas a tu deleite en la cama, cuando yo te poseía como loco. Eran como tambores, marcando nuestros gemidos. ¿Tú los recuerdas?

Han pasado cinco años desde que te vi la última vez. Cinco años, maldita sea. Es mucho. Pero no tanto para comenzar a olvidar los detalles. No se vale. Maldita guerra, no se vale. Deberíamos estar juntos. Pero no, nos tiene separados esta cosa que llaman guerra, pero que ni idea tengo de qué es. Yo sólo miro el cielo de mi prisión y pienso que es el mismo cielo de

Barcelona, el que deberías de ver tú. Ruego por que esta carta no la confisquen, que no encuentren nada perverso para que sea retenida. ¿Has recibido las otras cartas? No hay respuesta tuya. Me gustaría saber cómo estás y qué ha pasado. Por favor, toma ese bolígrafo y escríbeme. Lo prometiste. ¿Qué ya no lo recuerdas? ¿También lo olvidaste?

Hay mucho que aún está en mi memoria: siento que fue ayer que me informaron que iría con el comandante a España. Yo dije que sí porque no tenía nada mejor que hacer. Era un soldado bastardo. Claro que dije que sí. Quería conocer el mundo, como mi padre. Supuestamente no estábamos ahí. No, nadie decía que había alemanes ayudando al general Franco. Bueno, algunos sí, los que querían desprestigiar el movimiento: los comunistas republicanos. Pero ésos ya estaban fuera, estaban huyendo, estaban muertos. Y si no lo estaban, nos encargaríamos de matarlos. Para eso fuimos, para ganar esa guerra civil. ¿Sabía español? Claro que no. Pero pronto aprendí lo suficiente para hablarte, para hacerte reír. Decías que lo hablaba como una vaca francesa. No creo que un bovino franchute sepa español, y debo decirte que si lo conociera, hablo mejor que él. Aquí hasta ya maldigo sin acento. Mi español es tan bueno que me dicen "Barcelona". ¡Puedes creerlo! Soy Barcelona. Ni siquiera me imaginan alemán. No puedo decirles que mi madre era gitana. Eso sería terrible, denigrante, peor que decir que judía. No, mejor soy Barcelona, el soldado germano-español que peleó en España.

No sé si hice bien al enrolarme de marino. Debí seguir en la milicia, a lo mejor ya sería oficial. O tal vez estaría muerto en Rusia. Sólo sé que tenía que salir de ahí. Un barco era la mejor opción, por eso fui marino. México, me dijeron, ¿por qué no? Conozco el español, vamos a México. De regreso iría a buscarte, a decirte que era mi error, que no debí huir de Barcelona cuando me dijiste que estabas esperando al niño. Me asusté. Era un crío, nunca me he visto como padre. ¿Qué querías que hiciera? Era sólo México. Un par de meses para asimilarlo y regresaría. Maldita guerra, no se vale. Cuando llegamos a Veracruz, no esperaba tardar tanto en tomar la mercancía. Aún menos que los idiotas de mis compatriotas hundieran barcos mexicanos. Claro que no nos iban a dejar salir. Todos los marinos fuimos "incautados". Más de trescientas personas. Alemanes, yugoslavos, italianos y no sé qué más. Dizque enemigos de la nación. Después de rondar por varios lugares como apestados que nadie quería, llegamos a la fortaleza el 8 de febrero de 1942. Ahí nos dijeron que sería nuestra casa hasta resolver el problema. ¿Resolver el desgraciado problema? ¿Cómo? ¿Terminando la guerra? ¿México terminando la maldita guerra? ¿No era de risa?

Al principio querían que nosotros nos mantuviéramos por nuestra cuenta. Pero existe lo dicho en la Convención de Ginebra. Yo lo sabía, muchos lo sabíamos. Así que el gobierno mexicano tenía que darnos techo, darnos de comer y preservar nuestra salud. Que se jodan. La verdad no nos peleamos mucho con ellos. No son más que un puñado de guardias, igual de jodidos que nosotros. Así que los hicimos a nuestro modo. No nos va mal. No, no es como Barcelona. No comemos vieiras ni ostras, como las que devoramos en aquellas tardes calurosas. Pero nunca falta comida en mi plato. Son un puñado de guardias, todos al mando de un tal Tello y un Salinas que ni pistola usan. Hasta podemos beber alcohol. ¡Claro que lo conseguimos del pueblo! Se compra de todo si tienes pesos. A algunos no les gusta eso, unos mojigatos que dicen llamarse Comité Antifascista de Perote; se quejaron con una carta al presidente mexicano por las borracheras de los fines de semana. Tú sabes que los alemanes cuando tomamos, tomamos, ¿verdad?

No sé qué más platicarte. Mi vida ya no tiene sobresaltos. Se repite cada día una y otra vez, esperando a que esto termine o que me respondas una carta. Maldita guerra, me hizo huir de ti. No quería. Te lo juro. Me asusté. Pero quiero regresar, quiero verte. ¿Recuerdas Barcelona? Yo ya no sé si la recuerdo. Creo que la estoy perdiendo, como a ti.

Te quiero.
Por favor, contéstame.

Johann Lang, "Barcelona"

VIII

—Mire, le voy a platicar cuál es mi trabajo. Se trata de recibir la deportación selectiva de las personas acusadas de ser afines a los países del Eje y mantenerlos confinados... ¿Eres alemán? Vienes aquí. ¿Descendiente de alemanes con relaciones con los nazis? Tu cuarto te espera. ¿Hiciste propaganda a favor de Hitler? Seguro te recibiremos —expuso con un dejo de sarcasmo el licenciado Antonio Salinas. Lo hacía como si se tratara de una charla en un café en los portales de Córdoba, afable. Se encontraba en uno de los cuartos cerrados de la fortaleza. Las paredes de esa sección estaban manchadas con hongos que disfrutaban la humedad y oscuridad. Una bombilla apenas si lograba iluminar a los presentes.

El director del centro de confinamiento permanecía sentado en una silla de madera. Frente a él, su nuevo prisionero: Von Graft. Esto no era tan alegre como el día en la fonda del camino. Al llegar a la fortaleza de San Carlos, el comité de bienvenida de los soldados estacionados le dieron una divertida fiesta. Su labio estaba hinchado y una fea cicatriz se abría en su ceja. Los moretones en su cuerpo eran visibles, deberían doler. Aún golpeado y esposado, dos soldados lo vigilaban en todo momento. Disfrutaba la escena, recargado en la pared fumando, el capitán César Alcocer con la camisa de su uniforme remangada. Parecía que él mismo había ayudado con el excitante recibimiento.

—¿Quién decide si serás prisionero de este campo? —continuó el licenciado Salinas—. Desde luego, no nosotros: el gobierno de los Estados Unidos. Los gringos proporcionan las listas de sospechosos. También hacemos nuestras propias investigaciones. No creas que somos tan huevones. Sí, ése es mi departamento, la Dirección de Investigaciones Políticas y Sociales de la Secretaría de Gobernación. Trabajo con el licenciado Tello.

El licenciado se levantó, con pereza avanzó hacia el capitán ofreciéndole un cigarrillo. Von Graft se lo llevó a la boca, mientras el encendedor lo prendía. Salinas hizo lo mismo, con otro cigarro para él. Después de darle dos fumadas, regresó a la silla.

—Si es posible, los espías son deportados a Alemania con apoyo de Estados Unidos. En México no tenemos condiciones para repatriarlos. No tenemos marmaja —hizo el gesto de dinero con una mano. Alzó las cejas y tomó aire—. Pero, mientras, aquí vienen las personas denunciadas de cometer delitos contra la seguridad nacional, que hicieron propaganda contra el gobierno o están acusadas de sabotaje. Son al menos unos trescientos presos, pero ya sabes, entran y salen —al voltearse hacia el capitán, Von Graft pareció bajar la mirada para no sentirse aludido. Las mordidas eran comunes, servían para que el sistema funcionara—. Pero eso no aplica para todos... —marcó con un tono marcial el oficial—. Ciertos prisioneros no van a salir hasta que termine la guerra, como los tripulantes de barcos alemanes que estaban atracados en puertos mexicanos, incautados por el gobierno. Y los espías como usted, Von Graft.

—Soy un empresario —se defendió el alemán escupiendo al suelo. Un coágulo de sangre salpicó el piso.

—Yo no lo decido, señor Von Graft. Y no me importa. Como le dije, tengo un trabajo aquí, y lo cumpliré. Por eso lo invito a que usted haga lo mismo.

—¿Y cuál es mi trabajo?

—No causar problemas —el alcaide entrecruzó las manos, continuando con tono moderado. Había aprendido que era un trabajo de resistencia, de sólo aguantar. Su filosofía simple trataba de expandirla entre sus confinados—. ¿Sabe? Somos una comunidad pequeña, pero tratamos de respetarnos. Hay familias allá afuera, así que no permitimos desplantes o groserías. Espero que se comporte a la altura.

—¿Me dejará libre en el campo? —preguntó desesperado Von Graft.

—No lo sé aún. Sé que los periódicos lo incriminaron con los asesinatos de Tacubaya, pero la puritita verdad es que no creo en la prensa. A mí me huele medio cochinón toda su investigación… Algo no me cuadra con usted. Ya sabemos que la policía es trácala, así que es mejor andar con pies de plomo.

—Yo ni siquiera estaba en la ciudad… ¡Estaba en un rancho de San Ángel! ¡Me incriminaron! —se exaltó el prisionero. Un puño le golpeó el labio herido, sacándole una lluvia de saliva y sangre.

—¡Silencio! El licenciado está hablando… —el capitán Alcocer sonrió sobándose su mano después del golpe. Los ojos de odio de Von Graft se clavaron sobre él.

—No, capitán… Aquí no maltratamos. Piense que es una central de emigración. Preferiría que no vuelva a tocar al señor —indicó el licenciado, mientras Alcocer sólo bajaba la cabeza aceptando la orden—. Como le dije, señor Von Graft, queremos ser civilizados. Le pido que guardemos las formas y esto funcionará bien —el licenciado Salinas torció su cabeza cual maestro dando clase.

—Intentaré no ser un problema —murmuró Von Graft limpiándose el labio.

—Aquí todos se portan bien, la compra de comida la controlamos junto con la jefatura de los marinos alemanes llevada por el señor Heinrich Hesse. Ellos se entienden de sus cosas, entre el dinero que da Gobernación y el que reciben de Alemania por medio de la embajada de Suecia, a todos nos va bien.

—Hay cafés, barberías, teatro, pastelería y telégrafos. Es una pequeña ciudad. Como tal, queremos mantener esta situación —explicó el capitán interviniendo en la exposición.

—Recibí un telegrama esta mañana, ¿sabe? ¿Le gustaría saber de quién? —preguntó el encargado de la cárcel.

—¿El pato pascual?

—No, el mismo licenciado Alemán. Al parecer, una conocida suya está intercediendo por usted. ¿Conoce a la actriz Hilda Krüger?

—Rubia, buenas caderas, besa bien...

—Me hizo llegar una donación para que lo cuidáramos.

Karl von Graft alzó su ceja derecha al escuchar eso.

—¿Y la golpiza que me dieron ayer?

—Eso fue por parte del personal de la Secretaría de Defensa. Yo trabajo para Gobernación... —respondió como si se tratara de un problema burocrático. El cometario hizo que el capitán tratara de ahogar su carcajada, igual que los soldados que lo escoltaban.

—Muy, muy gracioso, licenciado... —explotó el prisionero.

El licenciado Salinas se levantó de su silla dando una señal a los militares para que direccionaran al cautivo:

—Pediré al capitán Alcocer que lo interne un par de días en el calabozo para que se acondicione. Ya pensaré qué hago con usted. Espero disfrute su retiro, señor Von Graft.

Caminaron por entre los pasillos hasta llegar a un ala que servía de retención para los presos peligrosos: pequeñas cámaras con una puerta de reja, apenas iluminadas por una serie de focos colgando de las paredes. Le quitaron las esposas a Von Graft y el mismo capitán lo arrojó al interior y cerró la puerta. El prisionero lo enfrentó cuando se alejaba:

—Lo nuestro no va terminar así, capitán.

El capitán y el licenciado Salinas salieron al amplio patio, donde el día a día de la prisión continuaba. La vida en la estación de confinamiento era bastante monótona. Trataban de llevar un horario fijo para los internos, al menos para mantener el control de éstos. Comenzaba a las seis de la mañana, en espera del desayuno, otorgándoles tiempo para ejercitarse o lavarse. Ese almuerzo era prolongado por una hora, hasta las once que llegaba el correo y se pasaba lista. Con una comida al mediodía y toque de queda a las nueve, la invariabilidad imperaba entre los confinados.

Ambos se colocaron en las arcadas de medio punto que rodeaban al patio, protegiéndose con la refrescante sombra. Les sacudió un viento invernal, haciendo que el capitán se colocara sus lentes oscuros mientras fumaba un nuevo cigarro. El militar y el funcionario se recargaron en la columna, observando lo que sucedía en la parcela. Eran las rutinas comunes: al centro, los prisioneros de los barcos alemanes jugaban futbol con una pelota vieja y sucia. Algunos caminaban alrededor, charlando. Se mezclaban entre los cautivos pudientes que habían sacado mesas y sillas para tomar limonada mientras pasaban el tiempo entreteniéndose con un juego de cartas como si se tratara de un pícnic. Algunos soldados con rifles al hombro resguardaban a todos dando rondines. Incluso un par de niños daban vueltas en bicicleta soltando contagiosas carcajadas. Tal como lo había narrado el alcaide, eran una pequeña comunidad.

—¿Es verdad lo que le dijo? —cuestionó el capitán Alcocer.

—Sí, recibí el telegrama del licenciado Alemán antes de que llegaran ustedes. No quiero tomar partido en esto, es labor del ejército encontrar posibles espías, pero creo que algunas veces hay tendencias equivocadas.

—Su confinamiento es motivo de seguridad nacional.

—No me trate de lavar el coco, capitán. Aquí todos cojeamos de la misma pata. Sabemos que hay manga ancha con ciertos personajes. ¿Leyó bien el archivo ministerial del señor Von Graft?

—Desde luego, es mi prisionero. El mismo general Cárdenas me instruyó que lo escoltara todo el tiempo hasta que se definiera su situación.

El licenciado Salinas alzó su bigote en un gesto sarcástico ante la respuesta oficial, que sonaba más hueca que un pozo vacío.

—Se le imputa el asesinato del empresario Lionel Dalkowitz, pero hay muchas cosas que no me cuadran. En efecto, Von Graft estaba en San Ángel. Aparece en el periódico como parte de los invitados a una fiesta de artistas de cine —narró pensativo el alcaide.

—Eso es trabajo del juez, alcaide, no nuestro.

—¿No le parece que le armaron un chanchullo? Si se tratara de un espía, no dejaría cadáveres por todos lados. El punto de ser espía es que no lo vean.

—Tal vez su misión era matarlos.

—Creo que ve muchas películas de Hollywood, capitán. En México las cosas no son así, son simples. Nos chingamos gente por dinero, mujeres o despecho. No por intrigas internacionales.

El capitán César Alcocer sonrió divertido por los comentarios del licenciado. Le gustaba la forma de ser de su contraparte de Gobernación, pues a diferencia de los políticos de la capital era más dicharachero, relajado. Como que eso de ser cabrón y una piedra en el culo no se le daba. Y se agradecía, por eso no era extraño que fuera respetado y querido por los internos, más que su antiguo jefe el licenciado Tello. Dio una chupada a su vicio mientras atestiguaba en las mesas de los reclusos cómo servían limonada en grandes vasos. Algunas veces intercambiaban productos con los habitantes del pueblo, o se conseguían bastantes cosas en un mercado negro permitido por los guardias. Las pocas mujeres estaban vestidas de blanco y algodón, como si fuera una kermese. La señora Federmann resaltaba de entre todas ellas con un vestido de amplia falda a la rodilla, de tirantes en color verde pastel, con una pañoleta y lentes oscuros. Sus aires de estrella de la pantalla grande casaban a la perfección en ella. Por eso para muchos de los hombres de la prisión era imposible quitarle la mirada. Su esposo permanecía sentado a su lado en camastros de madera jugando una partida de ajedrez con su hija menor.

—¿La familia Federmann? —cuestionó el capitán señalándolos.

—¿Qué con ellos? —repuso admirado el alcaide.

—¿Por qué están aquí?

—En verdad, por las burradas de su hijo —torció la boca molesto, pues los estimaba y sentía que la situación hacia ellos no era placentera—. El chamaco decidió ser soldado del enemigo. Y hay un cabrón que les quiere hacer mala obra, el general Maximino.

—Me he enterado que todos tienen problemas con él. No dudaría que a él sí lo mandaran matar, colecciona enemigos —aceptó el capitán sin retirar la mirada de Greta. La rubia se dio cuenta y al encontrarse la vista entre ambos, en su rostro asomó una coqueta sonrisa. El capitán la disfrutó como un caramelo.

—Veo que está interesado en Greta —interrumpió su coqueteo el alcaide. El capitán lo miró sorprendido, pues lo habían descubierto—. Déjeme advertirle que es toda una viuda negra. No se haga muchas ilusiones, ellos están fuera de su nivel.

—Ya soy mayor de edad, licenciado. Ya puedo ir al baño solo —gruñó molesto el militar, arrojando su cigarro y encaminándose con grandes zancadas a la zona de las mesas.

IX

Desde muy joven, Marina Guerra había ocupado puestos académicos y políticos importantes. Para ella era normal el día a día de codearse con los intelectuales y científicos de la época. Se sentía privilegiada, suponía que era una situación inusual para una mujer. Más aún para una de su tipo: regordeta, de rasgos indígenas, bajita y poco agraciada. Era su orgullo, había roto las barreras racistas y clasistas en el universo elitista del conocimiento. Incluso representó a México en conferencias internacionales, colocándose como una voz importante del medio erudito. Ella sabía que todo ese éxito era fruto de su labor, pues había cincelado su carrera profesional, golpe a golpe, a detalle, para ser lo perfecta que era.

Una mujer con decisión, activa políticamente desde la Revolución mexicana. Una revolución que, aunque permitió a las mujeres participar en espacios que habían sido anteriormente negados, no le otorgó el voto a su género. Aun así, Marina Guerra se benefició de las políticas sociales cuando se abrió la posibilidad de que las mujeres tuvieran acceso a la educación superior y pudieran convertirse en profesionistas. Y aunque Marina siguió el camino para ser educadora, se decantó por la arqueología, entrando en un ambiente académico que hasta entonces era eminentemente dominado por hombres. No era extraño descubrirla en las fotografías de los periódicos al lado de grandes como Alfonso Caso, en Monte Albán; José García Payón, excavador de importantes zonas en Veracruz; y Jorge Ruffier Acosta, famoso por sus hallazgos en Tula. La prensa le llamaba la Exploradora de Pirámides y ese mote era un orgullo para ella.

Ese noviembre de 1943, un miembro de la familia Juárez, de nombre Camilo, quien vivía en el pueblo de Alchichica, con tierras de cultivo cercanas al volcán llamado Cofre de Perote, declaró a las autoridades locales que había localizado un posible vestigio prehispánico en la zona media entre la cultura totonaca o mexica. El hombre y su hijo al parecer fueron a la capital en búsqueda de un pago, pues no se supo más de ellos. Sin embargo, en su comunicado a las autoridades del pueblo, se mencionaba la presencia de figuras de barro o piedra esculpidas con motivos que asemejaban calaveras, resaltando la reverencia que había a deidades relativas a la muerte. Además de ese descubrimiento, a finales del siglo XIX, un cronista de Xalapa había recopilado una larga tradición oral entre los habitantes del pueblo que contaban la historia de cómo había una tierra sagrada donde se impedía que se habitara y que aún era venerada por indígenas locales. Todo eso se comentó de inmediato en varios círculos intelectuales, y en la Ciudad de México, aunque algunos historiadores fueron escépticos, el gobierno decidió enviar una misión arqueológica a la zona en búsqueda de aferrarse a un indigenismo latente que había servido como escudo político ante lo foráneo, en especial con la guerra en Europa y las presiones de entrar en ella. En el pueblo de Perote y cercanías, los habitantes habían ya aceptado que dicho descubrimiento iba a significar un cambio radical en su estilo de vida, comparándose con Monte Albán en Oaxaca o Palenque en Chiapas. Una gran pancarta se colocó en la plaza por orden del presidente municipal. En ella se leía: "Éste es el sitio donde nacieron nuestras raíces, bienvenido".

Antes de que el invierno impidiera los trabajos, arribó una comitiva de arqueólogos liderados por Marina Guerra. Fueron dispuestos específicamente por el secretario de Defensa Lázaro

Cárdenas y el secretario de Educación Pública Octavio Véjar Vázquez para ofrecer, en corto plazo, el aviso de un hallazgo arqueológico importante a nivel mundial. Anuncio importante en tiempos en que las historias positivas escaseaban. Los primeros restos materiales y óseos fueron hallados e inmediatamente se desató el júbilo en el pueblo: las campanas de la iglesia repicaron y se dispusieron peregrinaciones para celebrar el descubrimiento. Ellos se estaban convirtiendo en los nuevos héroes nacionales: la ciudad de Perote, como Marina Guerra, a quien por lo pronto comenzó el rumor de que se nombraría doctora *honoris causa* por la UNAM. El alcalde pidió que los restos arqueológicos fueran conservados en el pueblo y no se trasladaran a la capital, aprovechando la situación para pedirle al gobierno central que instalara alumbrado público, alcantarillado, una escuela y nuevas carreteras. Resultaba obvio que todo el descubrimiento era parte de una disputa política entre hispanistas e indigenistas, así como el control de los símbolos nacionales.

Finalmente el culto sobre los nuevos descubrimientos de figuras con temas mortuorios, así como la capitalización simbólica de lo que podía ser la tumba de un dios mexica, mostraron que los mecanismos nacionalistas invocados por las elites políticas podían realizarse en cualquier parte. Sin embargo, la imagen de una mujer implicada en la invención de la historia nacional no iba a ser aceptada fácilmente en un momento social y político en que la situación de las mujeres en México estaba en entredicho. A Marina Guerra se le infamó, como si la nación no pudiera sobrellevar la idea de que una mujer realizara un hallazgo tan emblemático. Por ello, se le olvidó, dejándola sin apoyo ni cobertura mediática. Lo que pudo ser uno de los grandes descubrimientos quedó como un pie de página, olvidado por el pueblo, el gobierno y la prensa. Nunca se enteraron de que Xipe Tótec, nuestro señor desmembrado, el gran dios rojo, deidad de la vida, la muerte y la resurrección, había despertado para recuperar su dominio, sólo por que lo había revelado una mujer.

X

—Fuimos al cine en la ciudad, hace una semana. Ocho días. Fue en la función de las seis... —platicó la pequeña María a su amigo Toñito mientras arrojaba una piedra que rebotó en una de las tapias del fuerte. El niño tomó otro guijarro e igualó el tiro.

—Seguro una babosada con canciones. A ti te gusta ese borlote, pecosa —la molestó burlón. Ella suspiró sin entenderlo. María no tenía muchos amigos en su vida. Tal vez era su forma de ser; le decía su madre que era ausente. Nunca supo qué quería decir *ausente*.

Durante su estancia en la finca eran maestros personalizados los que le daban clases debido a la lejanía de la escuela y la posición privilegiada de sus padres. Eran ella y la hija de un capataz las únicas en las tareas escolares que una maestra impartía. Por ello, su compañera había sido su única amiga. No contaba a su hermana, que sentía como mamá y hermana, no amiga. María sólo deseaba jugar con muñecas, mientras que Victoria estaba más interesada en los jóvenes vecinos o sus viajes a la desatrampada vida en la ciudad. María amaba su casa, el olor a café recién tostado, los murmullos de los pájaros buscando cobijo a la caída del sol, el grito de los monos o los rocíos colgados de las grandes hojas en la selva. Victoria odiaba eso, lo sentía aburrido. Habría cambiado esa vida acomodada por los clubes nocturnos. Para María, la finca no sólo era hogar, era su lugar de silencio, donde las visiones eran poco comunes. Su mundo privado.

—El nombre de la película era *El hombre lobo*. Con uno llamado Lon Chaney.

—A mí no me da miedo ese borlote de películas. *El Monje Loco* es mi programa preferido. ¡Lo escucho en la radio de mi papá! —narró el chico mostrándose tan valiente como cualquiera.

Ambos niños jugaban en el patio, buscando cosas que hacer ante el tedio. A su lado un grupo de marinos peleaba un balón a patadas en un partido de futbol. Los italianos iban ganando por dos goles a los alemanes, mientras el resto gritaba apoyos y maldiciones en más de tres idiomas. En una esquina, refugiados de las repentinas brisas heladas, un grupo de barberos cortaba el pelo y afilaba las navajas para una rasurada a prisioneros que amenizaban la tarde cantando canciones bávaras.

—A mí tampoco me da miedo. Era un actor con disfraz —respondió la niña.

—No te creo, segurito te dio el soponcio —se burló de manera más directa, señalándola.

—Una máscara no da miedo. Hay cosas peores allá afuera que sí me dan miedo —de inmediato intervino ella. Toñito la desesperaba por su actitud competitiva. Mas no tenía muchas opciones de compañeros de su edad. Así que lo soportaba a pesar de eso y de su engreída forma de ser, pues era hijo del jefe.

—Ya no quiero discutir contigo.

Era notorio que María estaba molesta por no poder mantener una charla normal con el chico. Cruzó los brazos y se alejó de su compañero. Se refugió en la sombra al lado de otras mujeres alemanas con las que estaba encerrada. Éstas chismeaban jugando cartas en una mesa que estaba protegida del viento por una lona colgada sobre ellas. María se sentó en un banco mirando el cielo, recordando sus días en la finca cafetalera de su padre en Chiapas. Esperanzada en que esa pesadilla que era estar encerrada terminara y así regresar a lo que pensaba era el paraíso. Mas estaba casi segura de que no sería así: desde la decisión de su hermano mayor de irse a Alemania, la casa Federmann se estaba desquebrajando. En su mente singular, que apreciaba las cosas de manera distinta, entendía que su familia era extraña y poseía formas de vida diferentes. Estaba acostumbrada a los jóvenes amigos de su madre, o los desplantes coléricos de su padre, pero entendía que funcionaban de esa manera. Incluso, su hermano ausente, un chico que nunca veía por la obsesión del progenitor por mandarlo a estudiar a escuelas de Europa. Lo vio tres veces en su vida: una Navidad, y dos más cuando regresó de su internado en Berlín. Un larguirucho joven que apenas hablaba español, con ideas extrañas, que se había afiliado al partido nacionalista. Lo ideal para su padre.

El capitán la observó desde lejos, viéndola cómo se refugiaba en sus pensamientos. El hombre colocó de nuevo el vaso en la mesa para pedir un poco más de limonada y un pedazo de pastel más grande. Una de las mujeres se lo sirvió, mientras la señora Federmann llenaba su vaso.

—¿Qué les pasa a Toñito y a su hija María? —señaló el militar hacia la niña pensativa. Greta se sentó a su lado acomodando su gran sombrero.

—Las niñas son especiales, capitán. Pero más mi hija. No lo malinterprete, la amo, pero para ella es complicado relacionarse. Y digamos que el hijo del alcaide está en la edad que cree que molestarla es la mejor manera de cortejarla —le sonrió la mujer.

—Debo admitir que yo tampoco fui muy ducho con eso de hablar bonito. Por eso, creo, terminé en una escuela militar. Lo único femenino que veía era la yegua donde nos enseñaban a montar —narró el capitán mirando de fijo a los ojos claros de la señora Federmann. Ella recibió esa mirada con placer. Un guiño iluminó su bello rostro. Ambos permanecieron comiéndose con la mirada hasta que intervino una voz masculina.

—¿Y ahora, capitán? ¿Ya es un experto? —Richard Federmann se sentó al lado de su mujer con un periódico en la mano.

El capitán se acomodó en su silla, volviendo su mirada al partido de futbol entre los extranjeros.

—Estoy muy lejos de eso, señor Federmann. Pero trato de defenderme —repuso.

—No sea presumido, capitán. A nosotras las mujeres no nos gustan arrogantes —comentó Greta Federmann sin apenarse por ser descubierta por su esposo.

—Estoy segura de que es un rompecorazones, capitán —también intervino la esposa del licenciado Salinas, una mujer gruesa.

—Usted es brava, señora Salinas.

—Hay que sobrevivir en este pedazo de estiércol que es el trabajo de mi esposo. Si la vida te da limones, pues haces limonada, cariño.

—Nos guste o no, es nuestra casa —concluyó Greta Federmann colocándose una chalina encima de los hombros debido a que las corrientes frías comenzaban a danzar entre ellos, levantando faldas y servilletas.

—¿Extraña la suya? —el oficial intentó cambiar la plática.

—¿La finca? Desde luego —suspiró al decirlo. Su esposo, al escucharla, movió la cabeza y se levantó dejándolos en su cháchara, sabiendo por dónde iría la respuesta de su esposa. El capitán lo vio acercarse con el alemán que llevaba el control de los presos; el prisionero y éste empezaron a charlar en voz baja, cual conspiradores.

—¿Sabe la historia de la familia de Richard? Es muy interesante.

—Por favor… —la invitó a continuar su narración, bebiendo de su vaso.

—Gustav Erich Federmann era nativo de Perleberg, en Alemania —narró Greta con los ojos iluminados mirando al oficial—. Era su abuelo y llegó a finales del siglo XIX a México. Un hombre no muy distinto a Richard, lo conocí en mi boda, meses antes de que muriera. Duro y tosco, como lo había sido la vida con él. Era el segundo de una familia pudiente, empresarios. A su hermano, Edwar, le heredaron la fortuna cuando el barco de su padre se hundió con él. Quedó con una pequeña cuenta de banco y sin casa, expulsado de inmediato por el primogénito. Así llegó a la selva tropical del Soconusco, cerca de la frontera con Guatemala. Allí quiso cultivar café, decía que era el "oro marrón".

—Al parecer, todo un aventurero… —comentó el capitán. Greta arqueó su ceja izquierda.

—No lo creo. Más bien terco y con ganas de hacer dinero. Decía que siempre había alguien que deseaba algo de él: ya fuera un mosco, un perro o un campesino. Fueron esfuerzos verdaderamente titánicos los necesarios para hacer realidad el cultivo de café en esa región montañosa.

—¿Conoce Chiapas, coronel? —interrumpió la señora Salinas.

—No, sólo he estado designado en la zona del Bajío —respondió.

—Allá hay que pelear por todo… La selva, indios locales, bandidos, hasta los jaguares. Si bajas la guardia, te atrapan —explicó con un largo suspiro Greta Federmann jugando con su vaso—. Por eso odiamos que nos quitaran todo.

—Mis más sinceras disculpas, señora. Sin embargo, entenderá que la situación es complicada: ustedes son ciudadanos alemanes y hemos roto relaciones diplomáticas, literalmente estamos en guerra con su país.

—Mi país se llama México, capitán.

XI

Llevaba varias noches en el calabozo. No había mucho que hacer en ese pequeño sitio más que tirarse en el camastro velando el techo. Ni siquiera podía contar arañas, pues seguramente la humedad y el frío las ahuyentaban. Constantemente se oían quejidos, tal vez algunos reclusos con problemas mentales. Al menos era lo que deseaba pensar Von Graft.

Sus ojos empezaron a acostumbrarse a las tinieblas y podía ver que eran sólo dos los prisioneros en celdas los que lo acompañaban. Uno era el que no dejaba de llorar, un pobre desgraciado que seguramente debería estar mejor en un sanatorio psiquiátrico. El otro tenía explosiones de groserías que reconoció como checas y no alemanas. Suspiró, pensando que era de agradecer que ya no lo golpearan, y eso era bueno.

—Comida —le señaló el agente Genaro Huerta. Von Graft lo reconoció de la fonda. El hombre estaba del otro lado de los barrotes con una charola humeante. No olía nada mal. Karl von Graft se levantó para recibirla. El soldado de guardia la abrió, dejando entrar al visitante. El agente entregó los alimentos a Karl: era un buen filete en su jugo, puré de papa, elotes y arroz. En un pequeño plato, una rebanada de pay de manzana.

—¿Es el cumpleaños del dueño de la casa?

—No, algunos marinos pusieron una panadería y se juntaron para preparar una cena. Esperan que se recupere pronto para que se incorpore con los internos —explicó el agente mirando cómo Von Graft devoraba con gula los alimentos. Él había comido de lo mismo y en verdad era un gran festín.

—¿Estaba yo enfermo? No lo sabía…

—Me enteré por ahí que hay alguien que puede apoyarlo económicamente para que continúe su juicio en libertad —buscó la palabra y la soltó con un tono de complicidad—: Una especie de mecenas.

—Vaya, vaya… Al final sólo se trata de lana, marmaja —murmuró Karl. Dejando los cubiertos a un lado de la charola—. Sí, podríamos hablar que se puede conseguir algo.

—Yo me regreso hoy para la capital. Podría llevarle un recado y encargarme de su liberación —se ofreció el agente amable.

Karl cerró los ojos y movió la cabeza negando: todos trataban de sacar provecho.

—Desde luego con un *incentivo*, ¿verdad?

—Lo que sea su voluntad… —alzó los hombros. Karl dejó escapar el aire por la nariz y aceptó que debía acondicionarse a su nueva circunstancia.

—No nos hagamos más los tontos. Sabe que mi contacto es la señora Hilda Krüger, puede preguntar directo con el licenciado Miguel Alemán. Ella le dará lo que necesite.

El agente y Von Graft se dieron un gran apretón de manos para sellar el acuerdo. Karl regresó a cosas más importantes, como su cena, y el agente Huerta salió de la celda.

—Gracias por la comida —señaló Karl el postre.

Huerta alzó la mano para despedirse diciendo:

—Agradézcalo a la familia Federmann, ellos se lo mandaron.

Genaro Huerta recorrió los pasillos de las celdas hasta las zonas comunes de los presos, donde ya estaban recostados en sus literas de dos niveles. Fue cuando pudo ver la calva limpia de Schulz. Sintió un escalofrío. Había leído de cómo encontraron al Monje Gris y sobre el asesinato de su esposa. Ahora nadie quería vivir en su mansión en San Ángel, pues decían que espantaban. El calvo alzó la vista de su libreta donde apuntaba notas, para posar sus ojos azules en el agente Huerta. Amplió su sonrisa hasta volverla un guiño maligno. Huerta apresuró su camino tratando de olvidar esa incómoda mirada.

—¿Y qué pasó, agente? —se cruzó con el alcaide que estaba en la escalera.

—Creo que podré conseguir un buen dinero, licenciado. Tengo el contacto en la Ciudad de México, la mujer Krüger. ¿Quiere que le diga algo al jefe Tello?

—No, esto es entre nosotros. ¡Suena de rechupete! —se alegró ante el nuevo negocio. Alzó su dedo recordando algo. Le hizo una señal para que lo siguiera a su oficina—: Mire, ya que va para allá, necesito un favorcito…

Con cara de tedio, el agente Huerta lo siguió mirando su reloj nervioso. No le gustaba la prisión del fuerte de San Carlos, había muchas personas a las que les había visto la cara al pedirles dinero para su libertad. No era querido por los prisioneros ni por los celadores que lo miraban cual ave de rapiña. Con el único que se llevaba bien era con Toñito, y fue con el que se encontraron en la oficina. El niño estaba en pijama, recostado en el sofá leyendo un cúmulo de revistas que tenía al lado.

—¡Señor Genaro! Ya leí todas las revistas que me trajo —enseñó alegre el niño blandiendo una publicación. Era un ejemplar de *Chamaco*, una revista de historietas semanal que tenía un gran éxito entre los jóvenes en México.

—Cuando regrese, te traigo más… —sonrió el agente despeinando al niño. Luego volteó a su padre, comprendiendo que tal vez debían involucrarlo—. Bueno, si tu papá quiere…

—Déjate chiquear, Toñito. Ya luego te las robo para leerlas en el escusado —bromeó el licenciado.

—¡Papá! —le gritó ruborizado el muchacho.

—Vete a acostar, no te vaya a jalar las patas el Monje Loco… —le ordenó su papá. El chico tomó sus volúmenes y salió del cuarto. El licenciado se apresuró a tomar un sobre de su escritorio para entregárselo al agente Huerta. Éste lo miró como si nunca hubiera tenido uno en sus manos. Odiaba hacer eso: llevar un encargo personal.

—¿Y no puede llamar por radio? —preguntó Huerta señalando el aparato de intercomunicación que permanecía apagado en una esquina de la oficina. Era el único método que se tenía para enlazarse con la capital.

—Esto es privado. Lléveselo al licenciado Alemán de parte de la señora Greta Federmann.

—¿Y habrá algo para mí? —lo guardó en su pantalón.

—Usted y yo tenemos negocio, lo sabe —terminó el licenciado Salinas. Resignado, el agente lo aceptó. El director de la prisión lo encaminó a la salida: —¿Oiga? ¿Y sabe qué desmadre se traen en el pueblo?

—Encontraron una pirámide. Ya ve que les encanta eso. Como que los hace sentirse más patriotas.

—No me gusta. Supuestamente este lugar es secreto.

XII

La descomunal deidad no supo cuántos días habían pasado, mas tenía mucha hambre. Se incorporó a todo lo largo, llegando a las ramas de los pinos. Sus músculos descarnados sintieron el roce de ese aire frío de la montaña, y ante ese placer miró con excitación hacia la luna Meztli. Sus dientes comenzaron a sonar en un constante castañeo. La magia que lo mantenía vivo había vuelto: tenía adoradores.

Refugiado entre el boscaje de la salida del pueblo, el dios contempló cómo los faros del Packard negro del agente Huerta emergían de la neblina álgida rumbo a la carretera del oriente. El rugido forzado del motor lo puso nervioso. Esos gruñidos no se asemejaban en nada a los de las bestias que conocía. Entendió que los humanos controlaban de alguna manera ese insólito objeto. Su mente comprendió que no era un rival, sólo una herramienta. Tendría que enfrentar a esas cosas, dominarlas. Enseñarles a sus nuevos súbditos a retomar la adoración a través de la muerte. Así que lo enfrentó, lanzándose por éste.

En el asiento del copiloto el agente Genaro Huerta recordaba a esa hermosa cabaretera de caderas amplias que bailaba en el salón Los Ángeles. Le había prometido que apenas tuviera un ascenso en su trabajo, la llevaría a su casa. Su primer matrimonio por fin había terminado en divorcio y disfrutaba los placeres de la soltería. Los espectáculos de coristas en los salones de baile era uno de ellos. Si por él fuera, gastaría todo su dinero en eso, y en ella. Desde luego el salario de un agente de Gobernación estaba lejos de cubrir tales gustos. Por eso se prestaba a pedir ayuda económica a los posibles inculpados con apellidos alemanes. No era mal negocio.

Al volante, un soldado del regimiento del fuerte rumiaba su mal humor por haber sido mandando a ser escolta del agente. Él hubiera preferido quedarse en el cuarto con una buena fogata, la noche era fría y le quedaban muchas horas de conducción hasta la capital. Ni el agente ni su conductor, absortos en su pensamientos, se percataron del cambio de clima: el frío empezó a calar como si hiciera caso a súplicas divinas para ser hostil con ellos. Una ligera capa de hielo se formó en los vidrios del coche, adoptando caprichosas figuras. Tampoco vislumbraron la formidable efigie que emergió entre la breña. Una mancha de más de cuatro metros y que de una zancada se plantó en la carretera. No sólo fue la sorpresa de encontrarse con algo tan abrumador de frente, sino que el conductor dio un giro al volante para evitar esa masa inmensa que se les abalanzaba sin miedo mientras era iluminada por los faros del automóvil, desnudando su imponente silueta. El coche comenzó a dar vueltas, errático, sin control. El parabrisas estalló en mil pedazos ante el golpe de la enorme mano del milenario que se extendió para alcanzar su interior. El automóvil terminó volcado, colapsado en un tronco. El impacto arrancó al conductor de su lugar y lo despidió por el aire en cuestión de segundos, sin lograr que la garra lograra aferrarlo. Los brazos del soldado se doblaron de forma poco natural al estrellarse en el piso, haciendo que diera un gran grito. El agente Genaro Huerta golpeó su cabeza con la puerta una y otra vez mientras el automóvil giraba, arrancándole un pedazo de su cuero cabelludo y sustituyéndolo por una marea de sangre. Permaneció sentado entre los escombros del Packard.

La bestia de la caja negra había muerto. Se le veía su cuerpo arrugado y golpeado mientras emanaba esa sangre, ese líquido venenoso. El dios sintió el placer de la destrucción, la imposición de su fuerza sobre los enclenques humanos. Intentó de nuevo encontrar el cuerpo que permanecía en el interior y su brazo se introdujo por el hueco dejado por el parabrisas roto. Olía algo vivo, pero también paladeó el terror en él. Eso lo excitó, su miembro sexual sin piel se empezó a hinchar, mostrándose en todo su esplendor. Era ese miedo lo que había hecho que los humanos lo adoraran, le levantaran pirámides o le otorgaran corazones. El dios supo que había regresado. El agente Huerta sintió que era un mal sueño, pues apenas se recuperaba del accidente comprendió que esa figura imponente iba por él, ese grueso brazo de músculos ensangrentados que terminaba en garra. La zarpa eran afiladas uñas, una rústica copia de una mano humana. Más mortal, más atroz. Los dedos lo tomaron del torso y lo sacaron del interior. Imploró, rezando por su vida, mas su atacante no parecía entenderlo. Apenas lograba verlo con las luces de los faros que tendían a apagarse. Atestiguó unos grandes ojos hambrientos saltones y las filas de colmillos de la boca que se cerraron en su estómago. No supo si gritó ante el dolor o por la impresión de verse desprendido de la mitad de su cuerpo. Las piernas cayeron al suelo aún pataleando. Su torso y cabeza permanecieron un rato entre los dedos de esa cosa para desaparecer en su boca. Fue esa muerte suficiente para luchar por su reino, para marcar su territorio. De su falo emergió la orina color café que humeante alimentó el suelo. El viento gélido recorrió el paraje. Sólo se escuchaban los lamentos del soldado herido a un lado de la carretera. Algunos copos de nieve del invierno inminente comenzaron a caer, distribuyéndose con delicadeza para anunciar que la tormenta invernal había comenzado. El dios sintió ese frío amistoso, el manto blanco que cubriría sus huellas. Satisfecho por su primer acto, colocó su enorme pie sobre la cabeza del herido y presionó, conociendo cuál sería el resultado. El cráneo se rompió ante el peso, dejando una cascada de sangre y sesos que se extendieron por el piso. La luna Meztli lo bañó con su luz mientras seguía engullendo los restos del agente de Gobernación Genaro Huerta.

PARTE II

Invocaciones

I

La oscuridad envolvió la residencia como si se tratara del abismo negro que se abatía sobre el mundo en esa época. Dentro de aquella noche artificial, nada parecía percibirse. Fue un halo de luz lo primero que brotó acompañado del chillar metálico de engranajes de un proyector de 35 mm. La luminiscencia continuó su viaje hacia la pantalla donde, a manera de hechizo, proyectó figuras que explotaron en mil colores, mostrando un letrero que decía: "Walt Disney presenta…".

La música que combinaba coros, orquesta, así como sentimientos de los compositores Paul J. Smith y Leigh Harline, llenaron las sombras de la habitación. Fue entonces que, con las imágenes de un libro de cuero, presentaron el título de la película que se proyectó a un único y solitario espectador: *Blancanieves y los sietes enanos*. La obra había sido estrenada en Estados Unidos en 1937, un éxito de taquilla y de crítica. Sus paisajes de ensueño y los dibujos en acetato formaban ya parte de la cultura popular. El primer largometraje animado en el mundo, un hecho sin precedentes. Todos parecían amarla al igual que el solitario presente que la volvía a ver por quinta vez, el Führer de la Alemania nazi: Adolf Hitler.

El regente del Tercer Reich encendió la lámpara a su lado para continuar dibujando. Trataba de reproducir los personajes del celuloide. Ahí estaba Tontín, Tímido y Sabio. Eran dibujos que elaboraba en hojas blancas o en la parte trasera de sus acuarelas. Un divertimento para olvidarse de los problemas de la guerra, y así ser lo que siempre quiso: pintor. Le agradaban esos valerosos enanos tomados de las historias del centro de Europa. Consideraba que la cinta rescataba las raíces de las leyendas folclóricas de Bavaria, de donde él provenía, al basarse en un cuento de hadas conocido como "Schneewittchen". La consideraba entre las mejores películas jamás hechas. Fue Roy Disney, hermano de Walt, quien vendió la película al Ministerio de Propaganda Alemana en una de sus visitas a ese país. La película nunca se mostró al público, pero el Führer guardaba una copia en su cine privado en Obersalzberg. Sabía que esas obras eran poderosas, pues se introducían en el subconsciente de las personas, chicas y grandes. La animación alemana nunca podría haber producido nada parecido bajo la dirección de Joseph Goebbels.

Adolf Hitler veía la película obsesionado. Esa noche estaba de mal humor, y las caricaturas no le mejoraron su estado anímico. Mientras recibía noticias del frente, el líder alemán alzó su rostro para preguntar a sus asistentes:

—¿Y qué está haciendo Walt Disney ahora? ¿Dónde se encuentra?

La respuesta era fácil que la conocieran debido a la red de espionaje dispuesta por la Abwehr y dirigida por la actriz y espía Hilda Krüger, quien informaba de todo lo que sucedía en el extremo sur del continente americano. Por ello, los sirvientes afirmaron:

—Está en México, trabajando para los aliados.

Hitler alzó la vista, mirando las imágenes. Sabía que tenían fuerza, que podrían mover masas. No debía dejar que un dibujante de Kansas arruinara sus planes.

—¿Quién es nuestro mejor hombre allá? —preguntó.

—El barón…

—Dile que lo mate —ordenó dejando a un lado sus dibujos.

—¿Disculpe, Führer?

—Que mate a Walt Disney en México…

II

La señora Greta Federmann deleitaba a todos con un vestido de diseño floreado de una pieza y un gran sombrero de paja con un listón que no dejaba de bailar con el aire. Tenía que cubrirse con una chalina para evitar las corrientes gélidas. El invierno estaba tocando la puerta. Sus zapatos rojos no eran los idóneos para el terreno, mojado por las últimas heladas, pero lo más importante para ella era el porte. Y lo lograba con creces, ya que muchos de los habitantes del pueblo estaban más extasiados con sus pantorrillas que con los descubrimientos arqueológicos.

—*Spitze!* Así que usted, digámosle de una manera sencilla, es una persona importante —preguntó virulento su esposo, el señor Federmann. Desde luego era un desplante racista a la pequeña mujer regordeta de cabello recogido y lentes que estaba frente a ellos. Marina Guerra circulaba en la vida acostumbrada a eso, así que no veía por qué aguantar a un señorito alemán de Chiapas. Simplemente le devolvió un gesto agridulce.

—Tu comentario está fuera de lugar, *Schatz* —gruñó Greta Federmann intentando ser cordial—. Para mí, es un gusto conocer a alguien famoso, profesora Guerra. Algunos de sus logros son reconocidos en mi club de té. La considero el pilar de la educación en México.

—Gracias, señora Federmann, tan sólo soy una esclava de la patria. He consagrado mi vida al conocimiento —respondió la mujer dándole la mano a la bella mujer. Fue contrastante, mientras que los dedos de Greta se veían largos y delicados, los de Marina Guerra eran como orugas gordas.

—Aquí la profesora viene recomendada por el mismo presidente. Por eso nos invitó a compartir sus descubrimientos con nosotros —explicó el licenciado Salinas con las manos en los bolsillos, mientras caminaban por los restos prehispánicos descubiertos.

—Es muy interesante, por favor continúe. ¿Dice que es el primer sitio del Dios Muerte? —invitó la señora Federmann.

—No, no es Muerte... Xipe Tótec, nuestro señor el desollado. Era uno de los dioses más importantes de la época prehispánica. Su influencia en la fertilidad, la regeneración de los ciclos agrícolas y la guerra fue reconocida por numerosas culturas del Occidente, Centro y Golfo de México. Pero nunca se había encontrado un templo asociado directamente a su culto.

—¡*Mörder*, salvajes! Eso eran los mexicanos antiguos —gruñó Richard señalando la escultura de una calavera.

—Richard, en Alemania tus ancestros eran trogloditas... —escupió con desprecio Greta. Su esposo dio un gruñido y se alejó, sin interés en la explicación.

—Hemos descubierto dos altares de sacrificio, esculturas en piedra y diversos elementos arquitectónicos en un basamento piramidal, los cuales confirman que esta antigua ciudad resguarda el templo dedicado a esta deidad.

—Si dice que era tan importante, ¿por qué no había más lugares para ese dios? —preguntó la esposa del licenciado Salinas.

—La verdad, no lo sabemos... —alzó los hombros la pequeña mujer—. Lo que pasa es que a la llegada de los españoles dejaron de hacerle sacrificios. Usted sabe que los aztecas los usaban para calmar o amigarse con sus dioses.

—¿Tenían miedo a esa cosa? —intervino Greta.

Hubo un silencio entre el grupo. Voltearon a ver las figuras mortuorias. No eran tranquilizantes, las calaveras sonreían invitando a la muerte. Marina Guerra suspiró:

—Creo que todas las religiones temen a su dios. Incluso la católica, aunque pregona el amor, siempre está la sombra de la destrucción, o el infierno para que obedezcan las Escrituras...

—¿No es creyente, verdad? —cuestionó el señor Federmann.

—Creo en lo que veo —la mujer señaló un montículo redondo que estaba siendo desbrozado de maleza y tierra—. Era para una de las fiestas más importantes del México antiguo, el *Tlacaxipehualiztli*, o ponerse la piel del desollado. Se efectuaba en los altares circulares. Se hacía el desollamiento para glorificar a Xipe Tótec, especialmente de vírgenes. Sus sacerdotes se ataviaban con la piel del ofrecido.

—¡Escalofriante! —expresó el licenciado Salinas.

—¿Y cuál es su plan? —intervino Greta.

—Continuar... Es un descubrimiento único. Regresar a nuestras verdaderas raíces, no la de los conquistadores. Esto es lo que somos, los verdaderos mexicanos.

—¿Los que mataban vírgenes para desollarlas y ofrecerlas a una deidad? ¿Eso somos?

—Guerreros dormidos que despertaremos, una raza que podría recobrar su esplendor. Ser tan grandiosos como Roma, Grecia...

El alcaide Salinas dio un aplauso en el aire, colocándose una careta de completa felicidad.

—¡Creo que podemos ayudarnos, maestra Guerra!

—¿Usted cree, licenciado? —cuestionó intrigada la mujer acomodando sus gruesos espejuelos.

—Podría prestarle algunos prisioneros en la labor de limpieza de estos vestigios arqueológicos... Claro, a cambio de un agradecimiento, o una mención en los periódicos. No a ellos, sino a mí, claro. Entienda que el gobierno no desea mucha publicidad sobre la existencia de este campo de confinamiento.

El silencio inundó al grupo. Sólo los ojos de esa diminuta mujer seguían brillando como si hubieran prendido grandes hogueras en cada uno.

III

Escuchó el eco de las pisadas botando entre los pasillos como si fueran rítmicas percusiones. No era un caminar marcial, como el de los múltiples soldados que daban sus rondines para asegurarse de que los presos estuvieran en sus celdas, o al menos vivos. Eran ecos tenues y suaves, como si anduvieran en puntillas. Karl von Graft sospechó muchas cosas, pero decidió que no era malo. Se levantó del camastro colocándose su sombrero que había peinado su arreglo tirolés de plumas para pararse frente a los barrotes, esperando que esto develara quién era aquel extraño visitante. De primera vista notó la falda amplia de motivos geométricos con cinturón de tela negra y suéter rojo con cuello de tortuga. Victoria se veía bonita en su atuendo, remarcando su piel blanca por el cabello sujeto en una cola de caballo. Tenía la imagen de colegiala buscando aventuras pecaminosas. Von Graft iluminó su rostro con un guiño provocador. Ella bajó el rostro, contrariada. Era obvio que Victoria no debía estar ahí, y que ante su incumplimiento, luchaba por dejarse llevar por los impulsos.

—Buenos días... —murmuró la muchacha. Alzó su mano y luego las hizo desaparecer hacia atrás, nerviosa—. ¿Es usted un espía nazi?

—Pequeña, soy empresario, igual que tu padre. Sin embargo, ambos estamos encerrados. Todos lo estamos… —admitió alzando los hombros.

—No soy pequeña, cumplí dieciocho —subió la voz, intentando parecer más grave. Von Graft admitió su error con un giro de cabeza—. Leí en los periódicos que mató a alguien…

—Eso dicen, pero no es verdad. Yo andaba de parranda en una fiesta, no matando a desconocidos. Eso es mala educación. Además esa fiesta era de las mejores. Había piñata, música, ponche y muy buenos tamales. Te hubiera gustado, ahí andaban Tin-Tan, Dolores del Río y Pedro Armendáriz.

—¿Conoce a estrellas de cine? —dio un paso, colocándose a pocos centímetros de las rejas. Si en verdad Von Graft fuera un despiadado asesino, fácilmente podría ahorcarla. El alemán ni se movió.

—Es mi trabajo, soy productor de cine. Entre otras cosas.

—¿Qué otras cosas?

—Compraba vajillas griegas en Mikonos y las importaba a América… Claro, antes de la guerra —respondió con añoranza, transitó por la celda un poco para sentarse en su litera—. También era vendedor de herramientas para trenes. Hubo un tiempo que vendía medias de seda en París. Tenía un buen negocio.

—¡París!… ¿Conoce París?

—Ahora hay muchos nazis, poca diversión y exceso de balas —alzó la mirada con una sonrisa burlona. Victoria entendió—. Nueva York es más divertido. Rockefeller sabe hacer fiestas. Una vez fui a una con él y con Diego Rivera. El gordo se emborrachó y trató de lazar cual vaca a un congresista gringo. Lo paró su mujer, una diminuta alemancita de grandes cejas.

—Ha vivido muchas cosas… —susurró admirada la chica, abriendo sus ojos cual grandes platos.

—¿Victoria? Ése es tu nombre, ¿verdad?

—¡Lo recordó!

—Igual que tus ojos. Trato de acordarme de las cosas que me gustan —fue más melodioso que de costumbre. Los ojos de Victoria fulguraron.

—No le creo. Los de mi mamá son más bonitos —murmuró molesta. Siempre sentía que debía competir con su madre en cosas así. Odiaba que ella fuera el centro de atención—. Ella fue artista en Austria, ¿sabía eso? Cantaba en un hotel, donde conoció a papá. Todos se vuelven locos con ella.

—Tus ojos son más bellos —explicó Von Graft. Se acercó a Victoria y sacó su mano para tocar la barbilla de la chica entre los barrotes—. Son como los de un pequeño ciervo. Debo decirte que la sorpresa que demuestras en ellos te hacen ver hermosa. Te envidio que aún puedas tener el don de la sorpresa. Con el tiempo dejas de admirar las cosas.

—Habla muy bonito para ser un asesino... —rompió el encanto la muchacha.

Von Graft soltó la barbilla de la muchacha y, con un guiño chusco, denunció:

—Exageraciones de nuestros ingeniosos periodistas mexicanos.

—Lo van a soltar con nosotros. Escuché al licenciado Salinas decirlo ayer —le reveló Victoria. Von Graft levantó los labios, dudoso de lo que escuchaba.

—Yo no le agrado, y menos al capitán Alcocer —pensativo, le señaló—: Me intriga saber por qué a ti no te intimido.

Victoria se sintió descubierta. Se apartó de la celda sin quitar la vista del alemán:

—Le voy a decir la verdad. No sé qué pasó allá en la fonda cuando mi hermana gritó al tocarlo, pero María me dijo que debería confiar en usted... Es de vida o muerte que lo haga.

—Eso fue incómodo e inesperado —admitió Von Graft—. Ella es... ¿normal?

—Una niña normal... Puede ser terca, pero cariñosa. Sólo que a veces es rara. Desde pequeña es así —intentó explicarla buscando con cuidado adjetivos que ni su hermana entendía.

Le hubiera gustado platicar sobre cómo María parecía ver fantasmas o que de chica hablaba sola como si tuviera un compañero de juegos junto a ella. Su nana de Chiapas decía que veía aluxes, pero Victoria sabía que era algo distinto—. María dice *oler* el futuro... Ve un *aura* en las personas.

—Un don interesante —pretendió ser gracioso y burlón, preguntó—: ¿Sabe ella quién va a ganar la guerra?

—No creo que funcione de esa manera —admitió Victoria mirando a un lado de la celda. Se veía incómoda de hablar del tema—. Mis papás creen que lo hace sólo para llamar la atención. Pero ella ya me ha salvado la vida... En la finca nos gustaba andar a caballo entre los plantíos de café. Pero un día ella insistió que no podíamos seguir por un camino. Lloró y suplicó que había una muerte que se arrastraba, que olía a podrido. Mientras hablábamos, uno de los peones descubrió que estábamos frente a una madriguera de serpientes venenosas.

Von Graft se quedó mirando a la chica pensativo, pareciendo asimilar lo escuchado.

—Suena fascinante... —comentó el alemán, aún no convencido de creerle. Victoria se encaminó a la salida, levantando la mano para despedirse apenada.

—Algunas veces dice incoherencias, pero yo le creo —terminó la charla la muchacha. Rotó hacia el pasillo que estaba frente a ella, nerviosa que sus padres la encontraran en ese sitio—: Bueno, sólo venía a decirle que lo van a dejar salir y que nos gustaría que fuera a visitarnos cuando eso suceda.

—Victoria, será un honor —devolvió la despedida Karl von Graft. La joven dio dos pasos, mas se detuvo para comentar:

—Ayer mi hermana me dijo que usted quería matar a Blancanieves... ¿Sabe de qué hablaba? Es una locura, pues dice que era de la película... La de Walt Disney.

Von Graft abrió sus ojos pasmado por el comentario.

—¿Dijo eso?

—Sí, ¿no es una locura? —torció su boca la chica, sin darle importancia al comentario, siguió su camino dejando sólo el eco de su pisadas. Karl von Graft bajó la cabeza, sintiendo de nuevo la soledad. Tenía que salir de ahí, ya que la niña Federmann lo había descubierto.

IV

Walter Elias Disney llegó a México en una tarde lluviosa el 9 de diciembre de 1942. Bajó del *California Clipper* de la compañía Mexicana de Aviación en medio del chubasco que cubría la pista del Aeropuerto Internacional de la Ciudad de México. Lo acompañaba su esposa Lillian y un equipo de trece artistas entre animadores, dibujantes, músicos, escritores y productores de cine. Más que un simple productor de cine, Walt Disney era un narrador de historias, un extraño fenómeno en el mundo del entretenimiento. Sin ser animador, escritor, director, productor ni compositor, lo era todo. No era una casualidad que su imagen se tratara de un símbolo de sueños y fantasía. Ese hombre de chaleco colorido estaba en México, buscando un relato para contar. Pero aún más importante, una historia que pudiera cambiar el camino de la guerra.

Le esperaba en el edificio una comitiva del gobierno mexicano y periodistas. Apenas entraron al edificio para realizar su respectiva documentación en Migración, la música de mariachi rebotó por las paredes alegrando el momento. No pasó ni un segundo y Walt Disney ya tenía un sombrero de charro. El licenciado Alejandro Buelna, jefe de Turismo de la Secretaría de Gobernación, se había encargado de la recepción sorpresiva. Poco después, se dirigiría al hotel Reforma. En la suite 601 se implementó un espacio para que charlara con los reporteros que, ansiosos con plumas y cámaras, deseaban atrapar una nota que pudiera aparecer entre las noticias junto a las del frente de guerra europeo. En su primer encuentro con la prensa mexicana, Disney declararía:

—Vengo para hacer una de mis películas, a la cual daremos ambiente mexicano. Música legítima de este país, trajes típicos para mis figuras, muchas flores, mucha luz, riqueza de colorido... —sonrió para la foto que estaría en el periódico al siguiente día—: Se llamará *Piñata*.

Sería romántico decir que Walt Disney había ido a México con grandes deseos de realizar una obra maestra que estrechara lazos comunes en una misión de esperanza. Todo eso era únicamente una fachada. Los motivos del gobierno de Roosevelt eran ganar una guerra y mantener vigente el control de los países del sur de América. Había razones estratégicas para que no se establecieran bases militares del Eje en territorio latinoamericano, en especial por la gran influencia alemana establecida gracias a la red de espionaje nazi en México y Argentina. Otro motivo era que, desde las minas mexicanas hasta la carne de las pampas, Latinoamérica era la gran alacena que alimentaba a los aliados en los frentes europeos y del Pacífico. Por eso, la Oficina del Coordinador de Asuntos Interamericanos del gobierno de Estados Unidos implementó planes de financiamiento para crear películas estratégicas y de propaganda, con el fin de seducir a América Latina.

El mismo día que Walt Disney y su grupo llegaron a México, para la noche ya tenían organizada una gran fiesta en su honor en el salón Beethoven del hotel Reforma. En la acera de la avenida había grandes reflectores, imitando los estrenos lujosos de cintas de cine. Muchos corresponsales quedaron sin entrar a la exclusiva fiesta, tan sólo viendo acceder desde sus lujosos automóviles el desfile de personalidades, desde políticos hasta artistas: estaba la actriz Dolores del Río, el empresario radiofónico Emilio Azcárraga, el líder de la Asociación de

Productores y Distribuidores de Películas Mexicanas Santiago Reachi, el periodista Lumière del periódico *Excélsior*, el pintor Diego Rivera y el expresidente Emilio Portes Gil. Entre ellos, siempre elegante, con un smoking y bufanda de seda color carmesí, el barón Karl von Graft.

—¿Viene al encuentro con el señor Disney? —preguntaron los reporteros contenidos que buscaban una nota para el periódico del día siguiente. Karl von Graft se acercó a ellos, sonriendo como una estrella más de las invitadas. Los destellos de las bombillas de las cámaras lo iluminaron, era un asiduo visitante en las secciones de sociales de los diarios.

—Todos estamos de fiesta, ¿no…? Es un honor que el señor Disney nos visite.

En las fotos del evento que saldrían el siguiente día en los diarios, se observó entre un gran número de asistentes con bebidas en la mano, a un Walt Disney que platicaba con los invitados sin dejar su vaso de whiskey con agua, su bebida preferida. En muchas de las imágenes eran obvios los ojos de agotamiento. Se le miraba al lado del licenciado Buelna, afable. En esa aparente careta de bondad del productor americano, había un hombre conservador y de ideas firmes, que incluso se fue a golpes en una pelea campal contra el líder de la huelga en su estudio apenas hacía unos meses, Art Babbitt. Con seguridad aún seguía pensando en su peor pesadilla: la huelga y su estudio en bancarrota. Debía poner rostro alegre, verse como un visionario en una tierra que le abría las puertas gustosa. Brindaba con cada uno de los asistentes, respondía las preguntas de los periodistas y para cerrar su primer día en tierras aztecas, Walt Disney visitó el cabaret Ciro's. Aún con su reconocible chaleco amarillo, de la mano de su esposa, continuaba la fiesta entre canciones de Agustín Lara y los chistes de Palillo.

—¿Disfrutando su estancia? —le preguntaron en perfecto inglés sacándolo de sus reflexiones. Disney volteó para encontrarse con un elegante Karl von Graft. Éste alzó su copa para tocar levemente el jaibol del cineasta.

—Desde luego… Todo es encantador —amplia sonrisa falsa.

—No necesita mentirme, señor. Esto es excesivo. Yo lo comprendo, lo que quiere es ponerse a trabajar en la película.

—¿Profesional? —preguntó extendiendo la mano mientras torcía su bigote intrigado.

—Productor de cine. Mi nombre es Karl von Graft. Si desea, puedo ayudarlo con los contactos en México. Será un placer ayudarle —se mostró todo gentileza. Disney suspiró mirando al resto de la comitiva. Sintió afinidad con ese hombre. Pensó que podría confiar plenamente en él. Von Graft le devolvió el gesto, teniendo la ilusión de que pronto podría vaciar su pistola en la cara del norteamericano.

V

—¡Fascinantes los escritos que me hizo llegar, maestra Guerra! Existe un sinnúmero de datos maravillosos. Nunca pensé encontrar referencias sobre gigantes en el mundo prehispánico —reconoció el licenciado Salinas sirviendo tres copas de coñac de una botella de cristal cortado. Cada recipiente terminó en la mano de los que se encontraban en su oficina. El capitán César Alcocer permanecía de pie mirando por la ventana, sin quitar esa profunda mirada de los sucesos en el patio de la fortaleza de San Carlos. En cambio, la maestra Marina Guerra, vestida con una blusa bordada de Oaxaca y una larga falda que la hacía ver aún más baja de lo que era, jugaba con un cuchillo de obsidiana negra con empuñadura de piel que le había regalado al alcaide. Uno de los tantos tesoros encontrados en sus excavaciones—. Es una fábula increíble, de cuento de fantasía.

La abultada mujer alzó la mirada ante el comentario. Su rostro no reflejó sentimiento alguno, imitando esas figuras prehispánicas en barro que ella estudiaba. Unos segundos después, cambiando su actitud, trazó un gesto placentero al tiempo que se acomodaba los lentes de gruesos cristales.

—Los mitos son verdades veladas, licenciado. Acondicionadas para crear un halo de magia alrededor de éstas. Sin embargo, esas metáforas son tan reales como usted y yo.

El licenciado se sentó en su sillón, bebiendo de la copa. Atrás de él, desde una enorme fotografía, el presidente Manuel Ávila Camacho los miraba. En un extremo, la radio que se comunicaba con la ciudad dejó escapar chillidos. El alcaide se levantó para apagar el aparato. Retornó a su trono burocrático, disfrutando el momento. La unión entre Salinas y la maestra había sido provechosa, ya que varios de los presos decidieron colaborar en la excavación cercana. Tal vez fue la idea de salir por unas horas de la fortaleza, aunada a la curiosidad de descubrir una civilización perdida, lo que hizo que un grupo de marinos, en especial alemanes e italianos, se propusieran laborar en las excavaciones del yacimiento arqueológico. La maestra, en agradecimiento, le había obsequiado el cuchillo de piedra negra al alcaide.

—¡Ay, maestra! ¿No me estará diciendo que se trata de una realidad la existencia de gigantes? —bromeó el licenciado.

—Hay que poner atención en el pasado. Si usted es creyente, lo encontrará en la Biblia. En el libro de Génesis: "Los nefilim ya estaban en la tierra para ese entonces, y también después. En esos tiempos, los hijos del Dios verdadero tenían relaciones con las hijas de los hombres, y ellas les daban hijos. Éstos fueros gigantes poderosos en la antigüedad…".

Al citar la Biblia, la maestra Guerra por fin contó con la atención del capitán Alcocer que dejó su contemplación nostálgica por la ventana para irse a sentar al lado de la intelectual. Ella, al verlo, lo recibió con una expresión de placer. Le gustaba ser el centro de atención, la que podía mantener en silencio a hombres con su mejor herramienta, su cabeza. Fastidiada por haber sido menospreciada, y hasta foco de burlas entre los eruditos de la ciudad, se sentía reconfortada alejada del centro de vanidades intelectuales de la capital. En el campo, donde podía ser ella misma.

—¿*Nefilim*? ¿Y eso qué diantres es? —gruñó el licenciado Salinas.

—Los gigantes… Los hijos de los ángeles caídos. Tal vez nuestra mente cavernícola nos hizo verlos como dioses. Imagínese enfrentar a un gigante, seguramente se pensaría cual titán coronado.

—No nos está hablando en serio, ¿verdad? —cuestionó el capitán Alcocer un poco desesperado por la charla que consideraba inocua. Había crecido siendo golpeado con la dura pared de la realidad. Las cosas fantásticas, aun en el panteón prehispánico, se le hacían banales, chocantes.

—En el libro *Historia de las Indias de Nueva España e islas de Tierra Firme* se explica que cuando el fraile Diego Durán llegó a Cholula encontró vestigios de esos gigantes. Al principio dudó de esas leyendas, pero le enseñaron parte de los huesos de algunos gigantes caídos, que fueron expulsados de ese territorio, exactamente al sur, a esta zona…

—¿Huesos gigantes? —masculló Salinas.

—No me mire así, licenciado. Eso dicen los libros —explicó Marina Guerra—. Fray Andrés de los Olmos, famoso filólogo de los idiomas de la región, explica que en tiempos del virrey de Mendoza, vio en su propio palacio dientes y huesos de casi un palmo de alto… Gigantes.

—Me está guaseando, maestra… —desdeñó el licenciado.

—Menos de lo que usted cree. Estoy segura de que algo debieron ver nuestros antepasados. Los muestran como salvajes, asesinos crueles, pero es la mirada de los conquistadores la que nos llega. Para esos españoles las costumbres de los nativos eran terribles, de bárbaros, pero se nos olvida que era una estructura que funcionaba a la perfección… No se podía separar la vida social de la religiosa, el pensamiento místico era parte de un todo.

El capitán Alcocer sabía percibir el fanatismo. Tal vez no vivió la guerra cristera, pero los ecos de esa confrontación aún perduraban, en especial en los viejos pueblos del Bajío, de donde él y su familia provenían. La mujer de cara redonda y gruesos cristales charlaba con la misma pasión que lo hacía un predicador católico. Desde luego sabía que de una década para entonces había explotado una corriente nacionalista impulsada por el general Cárdenas, basándose en la idea de la competencia de la cultura mexicana con cualquiera en el mundo, y no le parecía del todo equivocada. El capitán estaba orgulloso de su raza y su país, pero esa añoranza por revivir el Gran Imperio Azteca le parecía un poco excesiva.

—Suena un poco tendencioso su posicionamiento, maestra Guerra. Pareciera que añora esa forma de vida. Que, déjeme recordarle, estaba llena de sacrificios humanos, canibalismo y salvajadas innombrables —la enfrentó, sin saber cuál sería la respuesta. La maestra se sintió halagada, y cual pavo real, echando su gran pecho hacia delante, comentó:

—Tal vez el gran error de los caídos fue soltar sus creencias... ¿Se imagina si esos gigantes hubieran enfrentado a los conquistadores? ¿Qué sería de México?

—No existiría —respondió de golpe Alcocer—. México es un concepto creado por la unión de muchas culturas. Españoles, indígenas, moros y europeos. Mire allá afuera, muchos de esos güeros tienen la bandera mexicana en el pecho. Nosotros somos eso. Una mezcla.

La maestra Marina Guerra quedó de nuevo congelada, con esa mueca maliciosa en el rostro. No hubo ni un ruido que pudiera servir de respuesta a su contraparte, sólo la mirada fija en el militar. Alcocer sintió un escalofrío.

—Bueno... Le agradezco ese obsequio, maestra. Sólo pensar que lo usaban para matar gente me pone la piel chinita... —comentó el licenciado Salinas levantándose de su asiento detrás del escritorio para despedirse de la bajita mujer. Ambos llegaron a la puerta, hubo un apretón de manos y la abrieron. Se encontraron con el hijo del alcaide, que intentaba escuchar. Hubo una reacción de sorpresa, aunada a la pena ajena.

—¡Toñito! —gruñó su padre. Sabía que su hijo sentía afinidad por los temas de las excavaciones, pero no era la manera correcta de saber de ellas—. ¿Dónde está tu educación, chamaco?

—Déjelo, licenciado. Es un joven inteligente, curioso... —lo defendió la maestra haciéndole un cariño en el cabello.

Los ojos de la mujer se clavaron en él. El niño sonrió, sintiéndose protegido—: ¿Me enseñas la salida?

Los dos se fueron caminando por el pasillo, mientras el chico bombardeaba con preguntas a la arqueóloga. En la oficina, el capitán Alcocer terminó su copa y regresó a su lugar de centinela en la ventana. El licenciado Salinas despidió a su invitada e intrigado se asomó para ver qué mantenía tan aferrado al oficial. Lo descubrió al ver a la familia Federmann sentada debajo del árbol, tomando el café con otras familias y prisioneros de la fortaleza. Supo que era Greta el punto focal del capitán, pues la bella rubia volteó por un instante para encontrar la mirada entre ambos.

—Hoy quizá vaya a nevar… —repuso el licenciado alzando la mirada a las negras nubes que comenzaban a sitiar a montaña.

—Habrá que cobijarse bien, licenciado… —murmuró el capitán César Alcocer, levantando la mano para saludar a la bella dama austriaca.

—¿Es ella la razón por la que no ha regresado a la ciudad, capitán? Debo recordarle que luego el clima no será benévolo y tendrá que quedarse. Los caminos se vuelven complicados de transitar —indicó el director. Alcocer siguió mirando a Greta, paladeándola con la mirada.

—Tal vez así sea, licenciado… Pero me gustaría pensar que estoy esperando que nuestro prisionero sea liberado de la celda, quede incorporado al campo, y tal vez regrese. Allá sólo me espera un trabajo detrás de un escritorio.

—Todos tenemos trabajos detrás de un escritorio, capitán. Si busca acción, le recomiendo se enrole en el ejército gringo —expuso apartándose de su ventana, en búsqueda de otra copa de coñac.

VI

Victoria dio vuelta a la página del libro. Lo hizo con descaro, sin esconder su aburrimiento. María, su hermana, alzó la vista de la mesa donde reflexionaba frente a un gran rompecabezas de una fotografía de París. Sus miradas se cruzaron, injuriando su situación. Era más el odio de Victoria, quien sentía que su vida quedó atrapada en ese insalubre lugar. La fortaleza era una verdadera prisión de sueños para ella. No había nada ahí dentro que valiera la pena. Quizá por eso sintió atracción por ese extraño y agradable prisionero, Karl von Graft. Le hubiera gustado que él la viera de otra manera, más como una mujer, ya no una chiquilla. Si entendiera que sentía un gusto especial hacia él, que lo veía encantador. Agitó la cabeza, intentando sacar la sonrisa picaresca de Von Graft de su mente. Lanzó un largo y sonoro suspiro, observó a su hermana, cómo flameaban sus pecas cuando pensaba. Tuvo que levantar la comisura de sus labios hasta mostrar placer. Sí, la quería mucho, aunque sabía que era distinta. Tal vez era porque en cierto modo había tomado el lugar de su madre que, ausente, se la vivía de viaje en la ciudad. Eran los mozos, empleadas y caballerangos los que habían servido de nanas para la pequeña y para ella misma. En verdad no necesitaba mucho cuidado, habría que admitirlo. María vivía en su mundo extraño, silencioso, del que poco compartía. Los placeres banales, como armar en silencio un rompecabezas, o montar a caballo, eran lo que la motivaba. No necesitaba más. Por eso, Victoria había decidido que si su madre había sido un fantasma para ella, no dejaría que su hermana viviera lo mismo. Ella sabía que los ojos de sus padres eran para su hermano Gustav, el ausente, creciendo en escuelas de lujo de Europa. Se trataba sólo de ella y su hermana. Es por eso que tomó la decisión de protegerla desde su nacimiento, cuando una partera de la zona de las fincas ayudó a su madre a tener a la pequeña pelirroja. Su padre, el señor Federmann, había viajado a la madre patria, como solía llamar a Alemania, para visitar a Gustav. No retornaría sino en tres meses, fue lo que le dijo el capataz cuando su madre rompió fuente. Greta, desesperada y postrada en su cama de la finca, le rogó a Victoria que fuera por ayuda. Trabajo difícil para ella, que en ese entonces contaba con sólo siete años. Asustada por atestiguar a una madre a la que no estaba acostumbrada, que gritaba de dolor, perdiendo todo su glamour, salió corriendo al pueblo cercano montada en un poni, en busca del doctor. Tal vez no comprendía muy bien la situación, sólo sabía que su madre gimoteaba diciendo: "Sangre... Está muerto el bebé...". Ya con la noche encima, llegó al consultorio, para descubrir que estaba cerrado. El galeno también estaba fuera de la localidad. Una de las empleadas de la pizca del café, la reconoció. Recomendó que fuera por la partera, una indígena local que a la vez trabajaba de bruja. El solo hecho de ir a la casa de la hechicera, como ella la conocía, le aterraba. Recordó que esa pequeña cosa en peligro que había en la panza de su madre era su hermano. Comprendió que ella era la elegida para custodiarlo, que sería la hermana mayor que evitaría que algo malo le sucediera. Tomando valor, llamó a la casucha. De la puerta surgió una mujer obesa con una prominente verruga en el cuello. La pequeña apenas logró explicar la situación, implorando que subiera con ella en el caballo para ir a auxiliar a su madre y su hermano. Desde ese día sucedieron dos cosas: Greta, su madre, diría que Victoria fue quien salvó la vida de su hermana María, ya que la partera llegó a tiempo para auxiliar con las complicaciones, liberando a la niña que estaba morada por falta de aire. Y la otra cosa fue que, cuando Victoria vio el proceso de la creación, el nacimiento de ese pequeño ser cubierto de sangre y baba, se impresionó sobremanera, pero amó al retoño que cargó en brazos por siempre. En su mente le dijo a esa recién nacida: *Hermanita, yo siempre te cuidaré. Deja que ellos se desvivan por el idiota de Gustav. Tú y yo seremos unidas.* Y así había sido desde entonces.

Puso su libro a un lado. Era un volumen de la inglesa Agatha Christie, un entretenimiento sobre un asesinato. Siempre eran iguales. Amaba esos libros, como su padre, quien se los recomendó. Un grupo de personas quedaban encerradas en un lugar y el detective en turno debía descubrir quién era el asesino. Por desgracia sentía demasiadas afinidades de la ficción con su situación actual. Se levantó de la cama y se acercó a su consanguínea, que seguía sumida en sus reflexiones para encontrar las piezas correctas del paisaje partido en infinitas figuras.

—Estoy aburrida… —comentó Victoria.

—¿Quieres ayudarme? Me falta la mitad… —invitó la hermana menor. Su sonrisa fue un dulce para Victoria, siempre era positiva, aun en ese extraño mundo de visiones terribles en el que vivía.

Al principio, de niña, María no dejaba de llorar. Su madre y la nana estaban desesperadas. Pensaban que estaba enferma, quizá secuelas de su complicado parto. Pero se calmaba con Victoria, apenas ella la tomaba en brazos. Tiempo después comprendió que era la única manera de detener el caos de las alucinaciones que la agobiaban. El estar cerca de su hermana, de algún modo, apagaba esas visiones. Poco a poco, sin que sus padres lo supieran, juntas trataron de controlarlas, hasta que María pudiera convivir, llevar una vida normal.

—La verdad, me da flojera… Me gustaría estar con mis amigas.

—¿Quieres ir a dar un paseo? Podemos ir con *herr* Vittorino, el de la panadería, a ver si hizo pan dulce.

—No es mala idea, enana… No es nada mala idea…

—¿Podemos ir caminando? —preguntó María levantándose y colocándose encima un jersey tejido. Victoria la tomó de la mano guiñándole un ojo. Consideraba una excelente opción internarse en los pasillos de la fortaleza de la zona norte, donde los locales de manualidades para los prisioneros funcionaban. Un grupo de italianos regenteaban una panadería con hornos de leña. El pan podía ser una delicia, y era apreciado por todos. Existía un comercio arcaico dentro de la prisión, donde se intercambiaban mercancías por dinero. Casi se trataba de un lugar autosustentable.

—Hace frío… —comentó María abriendo la puerta del cuarto. Las niñas salieron al oscuro pasillo. Encontrándose con algo que no debería estar ahí: un brillo verdoso que emanaba de una pared como si se tratara de una lámpara. La pared se movía nerviosa, gelatinosa sería la definición adecuada. María se paralizó al verlo, quedó aferrada a la mano de su hermana. Esa luz no era natural, y menos se trataba de tecnología.

—¿Qué es eso? —murmuró María. Victoria no pudo contestar, mas de inmediato todo volvió a su estado normal. Pared llena de salitre, fría y plana. Nada que pudiera corroborar esa extraña visión.

—¿Lo viste? —preguntó Victoria. María sólo afirmó con la cabeza. Victoria dio un par de pasos y su mano palpó el muro, sin encontrar nada increíble en él. Cerró los ojos y devolvió la mano a su hermana para salir del pasillo—. Cómo odio este maldito lugar…

VII

El patio de la fortaleza se encontraba sacudido por el invierno. Una capa de nieve vestía el paisaje como si estuviera decidido a cambiar de atuendo. Al bajar las escaleras, las hermanas Federmann se quedaron observando los copos que caían del cielo. Ante esa imagen, olvidaron la extraña visión dejada atrás. Ambas se sentaron en las escaleras para colocarse gabardinas y botas. Así podrían disfrutar de la nieve, algo nuevo para ellas acostumbradas a las junglas chiapanecas. Algunos de los presos también disfrutaban el manto blanco, arrojándose bolas de nieve o intentando hacer muñecos. Todos ellos ya habían sacado sus gruesas chamarras, guantes y gorras. Ese clima frígido llegaba cada temporada a esa región, orillándolos de ese modo a cubrirse al menos por dos meses. Desde su ventana del privado, el licenciado Salinas miraba fumando, cual monarca disfrutando su dominio.

—¡Vamos! ¡Apúrate! —dijo María a su hermana dando un salto para lanzarse a jugar con la nieve. Victoria no se veía tan animosa, e incluso se retardaba a propósito. Pensaba que era mayor para esos juegos infantiles. Lo último que deseaba era mostrarse cual chiquilla frente a los duros marineros. Sólo se levantó después de colocarse la botas, para quedarse protegida en la arcada, mientras contemplaba el paisaje, pensando en la sonrisa de Von Graft.

A María no le importó que su hermana fuera tan recatada. Corrió a los montículos de nieve, sintiendo la textura de ese prodigio en su mano. La sensación fue extraña y placentera. Desde luego era fría, pero había algo en ella que la volvía extraordinaria. Riéndose sola, ante la ola de impresiones, alzó la cara, abrió la boca y sacó la lengua para atrapar los copos de nieve que lentamente descendían. Apenas tocaban su lengua, se deshacían, haciéndole reír más. Percibía que esas minúsculas partículas congeladas le hacían cosquillas en la garganta. Para ella, ese fantástico encuentro con el clima era alentador. Podía apreciar cosas con su poder, en especial le eran llamativos los olores, mas experimentar nuevas sensaciones realmente parecía abrirle puertas a lugares que no había explorado. María hizo una bola de nieve y se la llevó a la nariz para olerla. Deseaba, como cuando percibía algo, encontrarle facetas. Tal vez en ese pedazo de hielo hubiera rastros de viejas civilizaciones, de la tierra floreciendo o un poco de esa pólvora quemada que vendría de la guerra de Europa. Mas sólo percibió frescura y un ligero olor a los pinos que rodeaban la fortaleza. Sonrió complacida, sabiendo que no era como sus visiones, sino que estaba paladeando una rebanada de realidad.

—Tú tienes el Toque, ¿verdad? —escuchó una voz aguda, en español, pero cargada de acento europeo. Alzó la vista para enfrentar una sonrisa de oreja a oreja, coronada con ojos que radiaban sarcasmo. Notó que la calva de ese hombre estaba cubierta por un gorro tejido, sucio y descolorido. Aquél a quien llamaban Monje Gris se plantó a un lado de ella con la cabeza baja y la mirada fija en la pequeña.

—Eres el hombre que cayó al suelo cuando llegamos —comentó María aterrada ante la presencia del peculiar preso.

—Lo escuchas, como yo, ¿verdad? Al dios… Es imponente. Será el principio de una era… Nuestra era… ¿Lo sientes? ¿El Toque?… Sí, lo tienes —balbuceó sin parpadear. Sus ojos permanecían petrificados en esa niña. El lunático sabía que ella poseía algo parecido a lo que él tenía. Sin embargo, con una gran diferencia: si el fuego del Monje era una vela, esa peque-ña destellaba como una estrella en luminosidad.

—Tú también puedes ver cosas… —comenzó dudosa María sin levantarse del montículo helado. No fue pregunta, lo afirmó.

—¿Yo? ¿El Toque?… Niña lista… —meditó el hombre calvo. Alzó la cabeza dejando que los copos le humedecieran las mejillas—. Sí, lo tengo, pero distinto al tuyo… Los dos sabemos qué está allá afuera. Que va a llamarnos…

Al escuchar todo aquello, María frunció el entrecejo: lo que menos deseaba era estar cerca de esa presencia arcaica que sentía rondando la fortaleza.

—Yo no lo haré —gruñó decidida.

—Lo harás. Los que tenemos esto… Nos necesita. Somos los elegidos para abrir el portal —el rapado amplió la sonrisa, cual gato a punto de devorar a su presa.

—Sé que habrá una puerta. No sé qué hay detrás.

—Los que duermen, los que nos ven… Más dioses, como el que hoy camina entre nosotros. Tú serás su alfil, su paladín, como yo. Y nos dará lo que deseamos.

Entonces el Monje se agachó para apresar la mano de María. Como si fuera una hoja de papel, la levantó sin esfuerzo. La niña quedó colgando a centímetros del piso.

—Me duele… —se quejó la niña.

—Tienes el Toque… Él vendrá por ti. Si no te unes, serás alimento, te destruirá… —explicó el Monje Gris subiéndola un poco para que sus miradas se cruzaran. María estaba a punto de gritar en busca de ayuda, cuando un enorme hombre pelirrojo, mucho más imponente que el flacucho calvo, se colocó a su lado, y forzándolo con su mano sobre el brazo, hizo que la bajara al piso. María descendió, pero el Monje Gris no la soltó.

—Déjala, Monje —ordenó el gigante.

—Barcelona… —gruñó con asco al verlo.

—No lo voy a repetir: deja a la niña —insistió el marinero. El calvo abrió la mano, soltando a María.

111

—Tú no sabes nada, simio alemán. Eres un chimpancé que no comprende la revelación… —rumió molesto el Monje Gris alejándose con grandes zancadas por la nieve para introducirse a la zona de los dormitorios.

María y Barcelona lo miraron hasta que desapareció. El gigante preguntó de manera paternal:

—¿Estás bien, *fräulein*?

—Sí —admitió María. No se sintió a gusto de ser tocada por ese extraño calvo. Lo que olió en él no fue de su agrado. Era sangre, pero también traición. Traición de muerte—. Sólo me apretó, no me hizo daño.

—El Monje Gris está loco… Es especial… —intentó explicar Barcelona.

—Eso dicen de mí: que soy especial —susurró apenada la niña, bajando el rostro hacia la nieve.

—No lo dudo, pequeña… Si te vuelve a hacer algo, grita. Yo te ayudaré. O cualquiera de la fortaleza. No tengas miedo, la mayoría son buenos hombres —el gigante le hizo un cariño en su mejilla al tiempo que le regaló un mohín amistoso. Con esa caricia en su cara, María pudo percibir cosas del marino que había llegado a rescatarla: olió paella, sal marina y cuero viejo. Fueron olores agradables.

—Perdón, creo que mi hermana lo está molestando —arribó Victoria haciendo a un lado a María, pensando que ella había molestado al preso.

—No, para nada, *fräulein*. Su hermana y yo disfrutábamos de la nieve —el pelirrojo levantó su gorra de marino a manera de saludo y se despidió—: Estoy para servirles, mi nombre es Barcelona.

VIII

La luz de la vela parpadeaba, era suficiente para que el Monje Gris pudiera seguir redactando aun a altas horas de la noche. Barcelona roncaba en el catre superior, envuelto en los recuerdos de la guerra civil, amores dejados y la Europa que dejó por huir del matrimonio. Aunque el marino alemán optara por narrar al Monje Gris sus desventuras, éste apenas las recordaba. Escuchaba de la misma manera que lo haría una piedra inanimada, pues consideraba esos problemas como diminutos ante la verdadera imposición de la realidad cósmica. Misma que Adolf Schulz entendía cual discípulo fiel, y se consideraba no sólo su sacerdote sino un elegido en ese entendimiento. ¿Acaso los humanos se cuestionan los problemas de las hormigas? ¿Las montañas sufren por los conflictos entre países? Pensaba que la pequeñez con la que se vivía era ridícula, absurda, ante el tamaño y magnitud de la gran cosmología que regía este mundo. El Monje Gris revisó su pluma fuente, para continuar escribiendo en su libreta con su estreñida letra: "El mal no existe en la tierra. Es un concepto que hemos impuesto los seres humanos como método de control. Como tal, niego la existencia del bien. Creación de origen judeocristiano, que ni siquiera requiere definición, ya que se estira y estrecha a conveniencia del que lo manipule: Iglesia, gobierno o amo de los esclavos. El bien es lo correcto, es lo que Dios te pide, lo que la humanidad anhela. Sin embargo, el mal es un error del sistema, una anomalía que hay que combatir según los creyentes. Ambos conceptos no pueden convivir en un mismo ser. ¡Qué terrible idea! No comprenden que el origen es el mismo, incluso en las religiones primigenias ambas ideas venían de la mano. La concepción de un agente maligno, Satanás, ayuda a culpar a alguien de ese mal, que ni siquiera es inerte en los hombres, pues no existe: es una etiqueta. No somos creados a imagen y semejanza de un Dios bondadoso, pues la ciencia nos une más a los animales. Estamos lejos de ser el centro de todo, pensamiento egoísta que domina la religión. Volteen a las estrellas y admiren ese sinfín de palpitaciones que ni siquiera viran a reparar en nosotros. El ser humano es insignificante e impotente ante la maquinaria cósmica. Ellos, los que nos antecedieron, ni siquiera nos ven como rivales. A lo mucho, herramientas que apenas lograran cometidos inocuos ante la inmortalidad con la que ven el tiempo pasar. ¿Mal? ¿Matar? ¿Traicionar? Conceptos que debemos dejar a un lado si deseamos buscar la luminosidad de la verdad, pues esas estructuras religiosas nos encierran en una visión pigmea sobre el mundo. Somos apenas puntos de polvo en el aire, en medio de una gran batalla estelar… Y como tales, no merecemos sentimiento, pues éste mismo es algo arcaico, del que debemos despojarnos…".

Dejó de escribir. Cerró los ojos, pues estaba tan extasiado en su monólogo mental que no había sentido la eyaculación de su miembro. Sonrió, sabiendo que era parte de esa ofrenda que daba al que le llamaba desde hace días. Ese ser luminoso que despertaba en búsqueda de la verdad absoluta que tanto anhelaba. Alzó los ojos hacia la luz del pasillo, sabiendo que era un llamado. Por fin, sería bendecido con conocimientos. Se levantó, despojándose de su ropa, para salir al exterior, donde seguramente ese ser divino le daría la comunión esperada. El dios arcaico le decía que las paredes ya no serían un contratiempo, ya no viviría encerrado, ya que existen puertas. Él aprendería cómo abrirlas, sería el ingeniero de un nuevo régimen, donde el espacio y tiempo se fusionarían.

Cuando Barcelona despertó, sólo vio cómo la vela que usaba para escribir su compañero de celda estaba apagándose. No había presencia del Monje Gris, quien había dejado su libreta abierta con la pluma descansando del nuevo testamento cósmico que pregonaba. Lang se bajó de su litera y pudo hojear por primera vez la libreta. Estaba llena de textos, con esa pequeña letra amontonada. Pero lo más impactante eran los dibujos: entre cada sección de monólogo, el Monje Gris se había tomado el tiempo de hacer complicadas ilustraciones. En una había una figura humanoide con largos brazos y piernas delgadas desproporcionadas. Parecía desnuda, pero el loco prisionero intentó ilustrarle algo, como músculos descarnados. La cara era todo dientes y dos enormes ojos sin párpados. Ese ser parecía cruzar una puerta de luz. Sintió un escalofrío. Dejó el volumen donde lo encontró y su curiosidad lo llevó al exterior. La flama sucumbió en ese momento, dejando el cuarto a oscuras.

IX

La noche fue negra en verdad, sin destellos de estrellas o luna. Se sentía que oprimía, que cubría todo. El viento frío completaba esa aplastante sensación. Los soldados daban rondines alrededor del antiguo fuerte con lámparas, protegiéndose con gruesas chamarras mientras los rumores lejanos del pueblo de Perote llegaban hasta ahí, como si fueran parte del arrullo.

Toñito se asomó desde su ventana. Estaba inquieto, su amiga María le había platicado la historia de la película que vieron en la ciudad: *El hombre lobo*.

Y para acabar de saciar su malsano gusto por lo perverso, había decidido leer una historia de esas revistas que tanto le gustaban: "El Monje Loco". Las historias cambiaban cada número, lo importante era mostrar narraciones inquietantes. Toñito veía con curiosidad los paneles de la historieta. Era sobre asesinatos prehispánicos, un hombre disfrazado de sacerdote, todo negro, le arrancaba el corazón a bellas chicas que tal vez llevaban el escote demasiado pronunciado. Era una historia fascinante, que le atrapó desde la portada por todo el rumor del descubrimiento de las pirámides cercanas. No sólo lo leía, lo devoraba con los ojos. Por ello no se había dado cuenta de la hora, lo tarde que era. El dibujante se había esmerado en mostrar cómo el cuchillo de obsidiana entraba en el pecho y cómo unas manos arrancaban el corazón aún palpitante. Después el verdugo desollaría a la muchacha. Sonrió para sí Toñito, pensando en la sensación de arrancar la piel de alguien vivo. Era el tipo de pensamientos que lo hacían ver raro. No era un pensamiento agradable, pero cuando Toñito entrecerró los ojos pudo vislumbrar a ese sacerdote con un gran penacho, haciendo una labor quirúrgica en su víctima. Podía visualizar la escena del cómic como si fuera verdad, con ese grupo de hombres musculosos con el cuerpo y la cara pintados, en éxtasis, despojando de sus órganos a la muchacha.

Otra vez escuchó el ruido. Dejó su revista a un lado. Se levantó de su cama, arrastrando una cobija que lo cubría para asomarse por la ventana en búsqueda de la luna llena que transformaría a la creatura. Sin luna, seguramente no habría hombre lobo, como la historia que le contó María. Pero el viento frío se colaba por las rendijas de la ventana, haciendo un silbido que lo ponía nervioso. Realmente a él no le importaba vivir en ese lugar. Todos se quejaban, comenzando por su padre. Pero era una maravilla para Toñito: había dejado la escuela en la ciudad para tomar clases con los maestros locales, que le enseñaban alemán. Y muchos de los presos lo consentían para quedar bien con su padre.

El niño regresó a su cama, tratando de cubrirse hasta la nariz con las cobijas, dejando atrás su lectura morbosa. Pensó de nuevo en María. Le gustaba, aunque era rara en extremo. En general pensaba que las niñas eran distintas, pero la niña Federmann era un caso aparte: podía ser una lindura y transformarse unos segundos después en alguien aterrador. Además estaban esas cosas que veía: de pronto se ponía hablar con cosas que no existían. Toño prefería no pelear y ni siquiera le preguntaba sobre su extraña actitud. Cerró los ojos, convencido de que ya se dormiría. Pero hubo más ruidos, como algo que se arrastraba afuera de su cuarto.

—¿Papá? —preguntó al aire el niño. No hubo respuesta. El ruido se detuvo. Toño permaneció mirando a la puerta en la oscuridad. Pensó en lo que su padre le platicó de su visita a la zona arqueológica recién descubierta, sobre todas esas calaveras de piedra. Era como la historia de terror, de esas que escuchaba en *El Monje Loco*. Sentía que algo así aparecería detrás de su puerta, una momia azteca o uno de esos sacerdotes asesinos. Sintió un escalofrío. No era tan valeroso como decía, en verdad se estaba meando de miedo, literalmente.

De nuevo comenzó ese ruido: tela, tela que se arrastraba.

Con terror, Toño aventó las sábanas a un lado. Bajó los pies descalzos al piso y se fue en puntillas a la puerta. El ruido de nuevo había terminado. Un silencio absoluto se mantuvo por unos minutos. Toño abrió lentamente la puerta. Y algo salió de atrás rebanándole la mano de tajo. El miembro rebotó, dejando detrás un chisguete carmesí.

Afuera, la primera gran nevada del año caía con delicados copos de nieve.

X

El capitán César Alcocer se internó en el amplio espacio de la cocina. Las mesas de trabajo mostraban un desfile de trastes con residuos de la cena, esperando la mañana para que los prisioneros los lavaran. Así funcionaba la prisión a la perfección, como una pequeña ciudad donde cada uno atendía una labor. El oficial se detuvo y vio el local, pensando que en cierto grado era más como un cuartel que una cárcel. Había pasado la mayor parte de su vida adulta encuartelado y sabía que prefería este sitio, donde, a pesar de las circunstancias, prevalecía una sensación de unidad, incluso fraternidad entre cada parte. El ejército poco a poco había dejado de ser el enemigo en México. Durante la guerra cristera, la milicia era el foco de odio de los grupos religiosos. Alcocer era entonces muy joven para haber sido afectado por esa conflagración, pero su tío había sido cristero en la región de Guanajuato y fue fusilado por el mismo ejército al que él ahora servía. Eran nuevos tiempos, portaba el uniforme con orgullo: se sentía un servidor más que un opresor. La comunidad también lo respetaba, y por fin había logrado quitarse el polvo de la pobreza para conseguir ser alguien. Tal vez lo volvía demasiado orgulloso y esa actitud hacía emerger una personalidad déspota, pero sentía que se lo merecía. Se lo había ganado.

Iba a prender la luz, cuando se sorprendió al encontrar un ligero brillo en la oscuridad que creció hasta desaparecer. Alguien fumaba, indicando que no estaba solo. Esa persona era la razón de por qué estaba ahí.

—Al menos enciende la luz. Podrían dispararte uno de los soldados —dijo a las penumbras.

—¿Tú lo harías? —curioseó la voz femenina, proveniente del brillo.

—No, pero no te escondas en la oscuridad. No me gustaría que te pasara algo… —respondió adusto el joven oficial. Ante ese llamado, se encendió una lámpara de aceite en una mesa. Al lado de ella, sentada, Greta Federmann esperaba en un camisón de seda color perla cubierto por una bata abierta. Permanecía tranquila, con la pierna cruzada y fumando uno de sus cigarrillos en boquilla. Se veía hermosa y perfecta. Alcocer se alegró ante el disfrute visual.

—Te diré la verdad, no pensé que estuvieras esperándome —expresó acercándose a la mujer. Ella se levantó para estar a unos centímetros del rostro del capitán. Era obvio que ella sabía manejarlo con pequeños gestos y sonidos de gato en celo. Alcocer lo disfrutaba, siguiendo el juego pecaminoso que habían comenzado desde que se conocieron.

—Pensé que te iba a dar miedo venir. Tú, todo formalidad, cual soldadito de plomo. No sé, tal vez quieras ir a pedirle permiso a tu mamá.

—Ella nada sabe de mí. Se fue con el hermano de mi padre, supongo que debe vivir bien en algún pueblo de Michoacán. El ejército era la mejor opción para mí… Al menos, mejor que los golpes de un herrero borracho.

—¿Ahora vas a llorar cual cachorrito?

—Dejé de llorar hace mucho, Greta… ¿Y tú? ¿Lloras por algo?

—Por mis recuerdos. A veces, en las mañanas, recuerdo los campos de flores amarillas bajo los Alpes bávaros donde crecí. Recuerdo el sonido de las cabras caminado por los caminos y el vestido con el que asistía a misa. También lloro por la selva de mi casa, la lejanía de mi querido hijo, los pericos que vuelan en la tarde con el atardecer... Chiapas también es hermoso, y merece una lágrima —expuso parpadeando lentamente, dejando también que el humo del cigarro acariciara su tez. Alcocer se aproximó más y le hurtó el pitillo con los dedos. Se lo llevó a los labios, lo fumó arrojando el humo a un lado del rostro leche de la rubia, para regresárselo de manera sutil.

—Entonces... ¿Quieres que lloremos juntos? —interrogó sarcástico.

—Bésame... —susurró ella. El capitán la aprisionó entre sus brazos, besándola de manera brusca. Ella se dejó llevar lanzando su cabeza hacia atrás para ofrecer su cuello, que el militar comenzó a salivar. Ante la excitación de la cercanía de los músculos del moreno capitán, ella gimió quejidos sensuales. Las caricias y arrumacos duraron varios minutos, aderezados por los leves clamores de placer de la mujer.

—¿Qué es esto...? —cuestionó él, separándose.

—Nada... Haremos lo que queremos hacer. Y regresaremos a nuestras habitaciones. Mi esposo me espera en una hora —explicó ella complacida, sin soltarlo. Sin embargo, él se sentía manejado, usado. No podía permitir que una burguesa extranjera lo usara como su trapo para después desecharlo. El conflicto envenenó la mente del militar, compitiendo con la pasión del momento. Su dura moral, labrada de manera conservadora, deseaba imponerse. Por unos segundos dejó de responder a las caricias y besos de la hermosa mujer. Hubiera deseado tener más tiempo para reflexionar, pero el anhelo ganó.

—¿Sólo una hora...? — intentó reclamar Alcocer. Greta lo volvió a besar.

XI

Von Graft no tenía idea del encuentro fugaz que estaba llevándose en la cocina. Trataba de dormir, si es que el frío se lo permitía. Le habían dado una cobija gruesa, pero la celda donde estaba era quizá la zona más húmeda y helada del fuerte de San Carlos. Tenía una vela para usarla en caso de emergencia, pero prefería no hacerlo. Sabía que esos pequeños lujos debían emplearse con cautela. Permanecía acostado, contemplando la oscuridad, atormentado por sus evocaciones sobre la ciudad, donde había fallado en su misión. No tenía idea de lo que dirían en Alemania, al enterarse del resultado negativo. Tal vez no serían tan benévolos como los mexicanos. A fin de cuentas sólo era estar encerrado. En la Alemania nazi no se veían con buenos ojos las disculpas. Pero sabía que estar en el fuerte de San Carlos era su oportunidad para reivindicarse, sabiendo que esta vez sí lograría terminar la misión encomendada. Esa actitud le ayudaba a sobrellevarlo, por eso sólo esperaría que le dieran el nuevo plan. Y actuaría en el momento preciso. Estaba seguro de que Hilda Krüger, su enlace en la ciudad con la Abwehr, lo liberaría sin importar lo que pasara. Esa cercana relación que ella tenía con el secretario de Gobernación Miguel Alemán era una carta segura de usar. *Cercana* quería decir que compartían cama. El secretario de Gobernación la visitaba casi todos los días. Le había comprado un departamento en la colonia Juárez, en la calle Dinamarca número 42, de modo que la tenía cerca de su oficina. Pagaba sus cuentas, y la presentaba con la elite cultural o social. Hilda podía ser persuasiva.

Los dos otros hombres encerrados en celdas contiguas también habían sido encontrados culpables de traición y espionaje. Uno de ellos era el que más ruidos hacía: se dedicaba a llorar por las noches, llamando a una Stela en alemán. Tal vez ni era espía, sólo un aventurero más que cayó en las redes de los agentes de Gobernación para pagar los platos rotos. Poco habían intercambiado de palabras. Así que agradecía que sólo esa noche fuera un sollozo que él mantenía.

Karl von Graft se acomodó en el catre, volteando hacia la pared para cubrirse hasta la nariz con la cobija. Pensó en pastelería. Profiteroles y tartas, su verdadera debilidad. No era un mal pensamiento para quedarse dormido. Si tan sólo pudiera acallar a su compañero de celda que continuaba gimoteando.

—*Stella, geh nicht… bleib bei mir* —murmuraba el encarcelado al lado de él, un pobre diablo del que ni siquiera conocía su rostro. Von Graft intentó no escucharlo. La pesadez del sueño le llegó y, sin darse cuenta, empezó a roncar.

No tuvo idea de cuánto había pasado cuando escuchó el primer golpe. Metal, como si hubieran derribado una puerta completa al suelo. Luego, los gritos que imploraban que no le hicieran daño, rezando en alaridos y pidiendo auxilio. Karl se levantó de golpe, sacó debajo del colchón un filo de metal al que había logrado dar forma de cuchilla. Parte de su entrenamiento era sobrevivir en ambientes hostiles. La cárcel era uno de ellos, y lo primero que se necesita es una arma. Mientras, el delirio de ruidos y chillidos proseguía. Se arrastró hasta colocarse en una esquina, un punto ciego donde fuera difícil verlo desde las rejas, y a la vez, estuviera alejado. Los gritos continuaron hasta que fueron sustituidos por sonidos más extraños: líquidos y guturales. Luego, el silencio.

La ausencia de referencias por la tenebrosidad lo inquietó sobremanera. Von Graft maldijo que no hubiera un solo soldado dando rondines. Sintió que fueron dejados a su suerte, como presas ante el ataque de un oso. Cosa que en principio negó, al decirse que se encontraba cerca del sur de México, donde no existían esas fieras. Un puma, un coyote u otro animal, se corrigió. No descartó que fueran los mismos soldados los que se habían cargado al otro prisionero, en un claro plan de deshacerse de los prisioneros conflictivos. El silencio continuó, alargándose incómodamente. Sólo logró descubrir un repiqueteo en la oscuridad, como si dos maderas golpearan continuamente. Aguzó el oído, comprendiendo que no eran maderas: era el rechinar de unos dientes.

Decidió que era el momento de prender la vela. Lo que fuera, necesitaba verlo para al menos crear un plan para defenderse. Lo dudó, reflexionando que ello a la vez mostraría su ubicación en la celda, quedando al acecho del misterioso atacante. Optó por hacerlo, sin embargo, y la flama de la cerilla iluminó la celda. Fue con esa tenue luz que consiguió ver dos extremidades descarnadas, sangrantes, pasar frente a los barrotes en el pasillo hasta perderse. Lo que hubiera sido, apenas una imagen barrida cual mala pesadilla, ni siquiera se inmutó ante la presencia de Von Graft. Continuó su camino, dejando un eco de pisadas. Mientras, aterrado en su esquina, el espía nazi estaba esperando ver algo de nuevo, pero no lo consiguió, *aquello* se había alejado de esa zona.

XII

Walt Disney y el presidente Manuel Ávila Camacho, en su primer encuentro, hablaron de su pasión deportiva: el polo. Desde luego también salió el tema de la guerra en Europa, los planes de educación a través de películas animadas y el miedo a ese enemigo que podía llegar a las tierras mexicanas: el fascismo. El trabajo de Disney no era hacer cine, sino convencer al gobierno mexicano de que Estados Unidos de Norteamérica era su mejor opción, y no Alemania. El presidente sonrió, pero no dejó atrás la admiración por la cultura germana. Era como tantos otros mexicanos: odiaba tanto a los gringos, que prefería a los nazis. Al día siguiente, Walt Disney, para mostrase como parte de ese espíritu mexicano, se vistió de charro por primera vez en su vida. Era el invitado especial a un jaripeo organizado por el gobierno de la Ciudad de México y el licenciado Rojo Gómez, en el rancho El Charro, en avenida Constituyentes. Al lado de la esposa de Walt, Lillian, se sentaron la actriz Esther Fernández, un joven pintor cuya carrera iba en ascenso y el charro Gabriel Gracida, quien montó a *El Pavo* en nombre del presidente Ávila Camacho, haciendo malabares al ritmo de "La marcha de Zacatecas". Karl von Graft apareció también ataviado con pantalones de montar y su chaqueta de cuero. Al primer descuido, ya estaba de nuevo platicando con Walt Disney.

—¿Y la huelga, señor Disney? Dicen que ha detenido su empresa por más de tres meses… —a Disney no le gustó que sacaran el tema: una de las principales razones por las que había decidido aceptar hacer los viajes a México y Sudamérica como embajador de buena voluntad, era por la crisis en su estudio de animación. Un grupo de dibujantes, incluso amigos cercanos a él, se había revelado en búsqueda de mejores condiciones laborales. Incluso formaron algo que, para Disney, tenía rasgos de comunismo: un sindicato.

—Les di todo… Un edificio, nombre, éxito… Y vea cómo me pagaron. El último día me lie a golpes con uno de mis directores. Mi hermano tuvo que llegar a separarnos —dijo con dientes apretados el productor. Los dos hombres estaban en las gradas viendo como hacían piruetas los jinetes, pero estaban más entretenidos en la charla y la bebida que en el espectáculo.

—¿Usted no es socialista, verdad, señor Disney? — preguntó Von Graft.

—Nunca. Respeto los valores que han hecho grande mi país. El trabajo duro, la imaginación…

—Pero no le preocupó robarse una leyenda germana para su primera película… ¿Por qué no una historia netamente norteamericana? ¿Pocahontas? ¿Daniel Boone? —su tono fue sarcástico. Disney lo sintió como una cuchillada en el riñón.

—Mi apellido es europeo. América está hecha de emigrantes. Los cuentos son universales…

—*Schneewittchen*…

—¿Disculpe, barón?

—*Blancanieves*… La historia de la niña perdida en un bosque encantado con gigantes, enanos y brujas: *Schneewittchen*. Mi abuela me la platicó antes de ver su película. Siempre pensé que era una metáfora, ¿sabe? La chica es el pueblo, que huye de un gobernante que quiere matarlo. Llega con los mineros, los enanos, los obreros… Y juntos destruyen al gobernante.

—Me suena comunista, barón Von Graft…

—¿O acaso no sería también Estados Unidos rebelándose contra Inglaterra? Las caricaturas son hechas para los niños, pero son los adultos los que encontramos matices en ellas... —Von Graft miró con tristeza su copa vacía. Señaló la del invitado principal—: ¿Vamos por otra copa?

Walt Disney siguió a Von Graft, haciéndole señas a su esposa que platicaba con varias damas que iban por un trago. Bajaron por unas escaleras cortas, en búsqueda de la cantina, para encontrarse en los establos. Afuera se escuchaban los gritos y aplausos del espectáculo. Mas ahí sólo había un tufo de estiércol equino y humedad que picaba la nariz. Walt Disney caminó entre las jaulas observando los caballos.

—Creo que nos hemos perdido... —comentó sin dar importancia a la situación, como si huir de la careta del amigo fiel ya empezara a cansarle.

—Mi culpa, señor Disney.

Von Graft caminó por entre las sillas de montar, lazos y arneses, pasando sus dedos por encima de ellos, sintiendo el polvo y la suciedad. En el momento que Walt Disney viró para acariciar el lomo de un corcel, Von Graft tomó la Luger escondida entre telas. Levantó el arma, apuntó a las espaldas rivales. Y supo que tenía al hombre más importante de Hollywood a distancia apropiada. La mira coincidía perfectamente con su nuca, era la oportunidad idónea para cumplir el mandato de su Führer, de lograr que el trabajo de la espía Hilda Krüger diera fruto y México se inclinara por aliarse a los alemanes, al menos de manera comercial: vendiéndoles petróleo y materia prima. Sólo faltaba jalar el gatillo, sólo eso. Nadie escucharía el disparo.

—He pensado en lo que dijo... Sobre mi película, *Blancanieves* —dijo Disney sin voltear a verlo—. El cuento original es más oscuro, lleno de referencias a pasajes violentos. Pienso, incluso, que la princesa es una muerte viviente después de ser envenenada: Una *vampir*... Como le llaman en Europa. ¿Se puede infantilizar eso? ¿Hice bien en desvirtuar una fábula

131

moral que fue hecha para causar miedo, para convertirla en un cuento para niños?

Von Graft bajó lentamente el arma. Supo que no podría hacerlo. Llevaba viviendo cinco años en México. Ya era más mexicano que alemán. Estaba perdido: no cumpliría sus órdenes.

—Hizo bien. Pienso que es bueno que haya alguien que vea la vida de manera positiva. Ya hay mucho horror allá afuera —consideró Von Graft con voz frustrada. Cerró los ojos y suspiró. Su vida, tal como la conocía, cambiaría radicalmente por la decisión que acababa de tomar. Guardó el arma en su chaqueta.

—Subamos, Karl... Hora de seguir poniendo rostro del buen amigo...

Walt Disney, todo ataviado con su traje de charro, cual norteamericano disfrazado para fiesta de Halloween, con ese enorme sombrero que hacía competencia a su sonrisa toda dientes, subió por las escaleras y se perdió en la noche. Von Graft se quedó solo, pensando que tal vez el suicidio serviría para huir de la situación en la que se había metido.

XIII

Greta Federmann salió de la habitación colocándose la bata afelpada y coronada por varios tubos entre sus rizos rubios. Atrás de ella, su esposo en pijama, con un saco de lana encima. Intentaba acomodarse los espejuelos en la cara. Los ruidos se habían vuelto imposibles de ignorar. Primero, la alarma en la prisión, que pocas veces se hacía sonar, seguida de correderas y gritos de los soldados al revisar cada cuarto. Las familias descansaban en aposentos separados de los grandes galerones donde dormían los prisioneros hombres, intentando evitar cualquier problema con las mujeres. Por ello, los Federmann fueron los últimos en abandonar la cama. La búsqueda del hijo del alcaide debía ser precisa y efectuarse en cada rincón de la vieja fortaleza.

—¿Qué sucede? ¿Por qué la alarma? —cuestionó el señor Federmann a un soldado que permaneció con ellos mientras un par más buscaba en su habitación.

Éste lo miró con corte marcial:

—Buscamos a una persona…

—¡¿Quién?! ¿Un reo? —lo confrontó molesto el señor Federmann.

—El hijo del licenciado Salinas no está en su habitación…

—*Du spinnst doch!* ¡Claro que tampoco está aquí! —explotó el empresario alzando los brazos de manera exagerada.

—¿Dónde están sus hijas? —cuestionó el superior sin dejarse alterar por los bramidos del hacendado cafetalero.

—¡Supongo que ya despiertas con toda esta agitación! —el padre Federmann viró para comprobar que la puerta de al lado estaba abierta, y las dos jóvenes emergían cubiertas con sus respectivas batas. Los mismos soldados que entraron en la habitación del matrimonio se introdujeron ahora en la de las niñas. Ellas advertían todo claramente asustadas, sin comprender ese asalto a la rutina de la prisión.

—Necesito hablar con el director… —gruñó Federmann intentando ir a las oficinas de su amigo. El soldado se interpuso de inmediato.

—Quédese donde está, señor…

—¡A mí nadie me dirá lo que voy hacer! ¡Que revisen mis cosas es un completo asalto a mi privacidad! —vociferó señalando la cara del oficial. Sin importarle las indicaciones, el alemán continuó su camino por los húmedos pasillos. Se produjo un tronar metálico que lo detuvo. Luego, fueron los gritos de las niñas los que retumbaron en el lugar. Abrazadas, contemplaron cómo el militar sacó su pistola y amartilló el arma para en seguida apuntarla directo a la nuca de su padre.

—No dé un paso más o tendré que disparar. Diré que fue un intento de fuga…

—¡Richard! —imploró su esposa.

Los otros dos soldados cruzaron sus rifles, impidiendo que la esposa interviniera. No estaban bromeando, la situación era delicada. Los soldados estaban educados para seguir reglas, sabiendo que si se rompía toda violación traería un castigo. Richard Federmann comprendió que su actitud lo estaba arrastrando a un grave problema. Alzó ambas manos gradualmente, indicando que había entendido, y no se empecinaría en su desobediencia. La tensión se sostuvo un par de minutos más, en los cuales nadie se movió. La mano en el revólver del militar tembló un poco, símbolo de terror e inseguridad. Afortunado fue que al fondo del pasillo apareciera el capitán Alcocer con una gruesa chamarra de piel de borrego. Greta, al verlo, le gritó desesperada:

—¡Capitán! ¡Aquí, por favor…!

El moreno militar apuró el paso hasta llegar ante el soldado con el brazo extendido apuntando a Federmann. Colocó con cuidado la mano en el brazo marcial y lo hizo bajar el arma lentamente. No hubo ruido alguno.

—Guarde su arma, soldado… La situación ya es complicada para que encima ande matando prisioneros —le murmuró al oído. El regular se cuadró, saludando. Sin perder la calma, el capitán se dirigió a los otros dos soldados—: ¿Lo encontraron?

—No, señor —respondieron al unísono.

—Será mejor que vayan a la plaza central, haremos una búsqueda en el exterior —indicó señalando con un movimiento de cabeza. Los tres saludaron y se alejaron.

La familia Federmann, al sentir el apoyo del apuesto capitán, se reunió en un abrazo. María, la pequeña, comenzó a sollozar.

—¿Dónde está Toño?… ¿Qué sucede, capitán? —alzó las manos el señor Federmann.

El capitán hizo un gesto de disgusto, buscando las palabras adecuadas para describir la situación. Levantó su ceja derecha, y con un suspiro, explicó:

—Toñito, el hijo del alcaide, desapareció de su cuarto… Yo no le doy tanta importancia. Es un muchacho inquieto que seguramente está explorando alguno de los cuartos de la fortaleza. Pero el licenciado Salinas está hecho un loco… No se diga su mujer… Miren, afuera comenzó a nevar y al parecer no se ha podido localizar a uno de los presos, por eso tanto alboroto.

—¿Toñito? —preguntó Victoria mirando a su hermana sorprendida. María estaba literalmente aferrada a la manga de su hermana, sólo hizo un gesto de admiración.

—¿Lo han visto ustedes, niñas? —preguntó Greta intentando esconder su nerviosismo, colocándose un cigarro en la boca para prenderlo. El capitán notó que la mano que prendió el encendedor temblaba después de la escena que había presenciado.

—Estuve con él en la tarde, pero no lo volví a ver… —aclaró en murmullo María. Victoria la abrazó para reconfortarla.

—Como les dije, estoy seguro de que sólo es una travesura infantil. Regresen a sus cuartos, y cierren con llave. También me uniré a la búsqueda del crío —explicó el capitán con una mirada de empatía a la familia.

Greta pudo respirar tranquila al ver que los soldados habían sido controlados.

—¿Capitán Alcocer? —dijo, tratando de no mostrarse cariñosa. El joven oficial la miró. Ella sonrió, arrojando el humo de su cigarro—: Gracias…

Richard Federmann llegó hasta sus hijas, con un movimiento indicó que regresaran a su cuarto tal como había ordenado Alcocer. Las dos chicas entraron arrastrando los pies, asustadas por la interrupción de los soldados y las extrañas noticias. Victoria se dirigió a su cama, y sin decir nada, se zambulló en las sábanas. María hizo igual, pero con lentitud, dejando sus grandes ojos claros abiertos. La lámpara de aceite que iluminaba en el buró parpadeó. Cuando las cobijas llegaron hasta la nariz de la pequeña, ésta volteó a ver a su hermana.

—¿Estás despierta…? —susurró. Victoria se movió refunfuñando.

—¿Crees qué podré dormir después de todo esto? —explotó malhumorada, mostrando un poco de nerviosismo.

—Yo lo vi… —masculló María.

Mas a Victoria no le importaba entrar en una charla de las visiones alocadas de su hermana. Necesitaba algo más terrenal para hacer pasar el susto. De un movimiento, giró en la cama hasta darle la espalda:

—Duérmete.

Sin embargo, María no podía dormirse, le era imposible. Como le había indicado a su hermana, lo había visto en sueños. Eran las imágenes que su inconsciente le mostraba exactamente antes de ser levantada por los soldados. María aún las tenía en su memoria, sin dejarlas ir. Desde días atrás había sentido que algo rondaba sus sueños. Ya no era sólo la impactante imagen del prisionero Karl von Graft disparando a quemarropa a la bella princesa Blancanieves, sino una cascada de sensaciones e imágenes que galopaban en su cabeza sin ton ni son.

Desde la llegada al fuerte de San Carlos supo que algo había despertado en el ambiente. Pues donde ella recibía sus visiones, algo nuevo, poderoso, también caminaba. Sin embargo, lo hacía de forma distinta, primitiva, como si no supiera que estaba en ese plano psíquico. Por eso le inquietaba más, sabiendo que sería imposible que se comunicaran ambos. Ese ser empezaba a crecer en su conciencia, poco a poco, conectándose con cosas simples como olores o sensaciones parecidas al hambre o desesperación. En principio, en fogonazos, lograba ver parajes como el bosque continuo al fuerte, e incluso logró ver entre sueños un automóvil que venía hacia ella, como si mirara a través de ese personaje. Sabía que era un gigante de manos largas y rojas, pero no entendía cómo podía existir.

Esa noche había sido totalmente distinto, fueron imágenes de un lugar lejano, rojo, lleno de tufos distintos a los que ella estaba acostumbrada. Era ese olor metálico, extraño que insistía en mostrarse, al igual que cantos que se mezclaban con el viento. Sabía que era un mundo que no era el de ella: había pirámides de llamativos colores, alzadas hacia un aire sofocante. En el centro, vislumbró la silueta de ese ser que surcaba en los sueños, colosal. Y en su mano, un pequeño cuerpo, el de su amigo Toñito, desfallecido. Eso fue lo que vio. Y le habría gustado decírselo a su hermana, pero cuando decidió comentar: "Lo tienen…", Victoria ya roncaba entre sábanas.

XIV

Se habían dividido en grupos, todos con una lámpara y un arma. La decisión fue difícil, ya que tampoco se podía dejar desprotegido el fuerte con los prisioneros. Mientras que algunos de los soldados se quedaron haciendo rondines o buscando en la misma construcción, el resto salió en medio de la nevada en búsqueda del crío. El clima no fue benevolente con ellos, pues los copos de nieve no cesaban desde que había caído el sol. Las nevadas en esa región eran tan terribles como las de cualquier montaña europea, lo que no ayudaba en la búsqueda.

El capitán César Alcocer llevaba un rifle Mondragón listo para disparar, seguía al licenciado Salinas que se había introducido al bosque cercano de la prisión que separaba a ésta del pueblo de Perote. Caminando con dificultad por la nieve y la oscuridad, gritaban el nombre del niño, esperanzados que éste hubiera huido. Algunos ecos de ese mismo llamado llegaban a ellos de los otros soldados que hacían la búsqueda en las cercanías.

—¡No puedo creerlo! Él nunca hubiera huido... —sollozó el alcaide alzando la linterna para mirar entre los pinos que se elevaban sobre ellos en el bosque.

—Son niños, licenciado. No piensan en las magnitudes de sus actos. ¿Habían tenido alguna discusión? —cuestionó el capitán cerrándose su chamarra militar que no parecía ayudar en alejar el frío.

—No, nada… Quizá no estaba a gusto pues íbamos a regresar a la ciudad, pero no creo que eso fuera motivo para huir —gruñó el padre volteando de un lado a otro en su búsqueda.

—No se preocupe, licenciado. Lo encontraremos. Seguramente está en alguna de las casas del pueblo, los campesinos le habrán dado asilo.

El alcaide se detuvo, limpiándose la cara húmeda que empezaba a dolerle por la helada. Los copos se derretían al tocar piel, causando una sensación de ardor única. El capitán limpió su arma y apretó los dientes.

—Cuando lo agarre, verá lo que es canela fina, pinche chamaco…

—Siempre le gustaron las cosas raras, ¿verdad? —cuestionó intrigado el capitán, reflexionando para al menos tener un plan de búsqueda—. Lo veía leyendo esas revistas extrañas…

—Lo que leen los chamacos de esta época, capitán.

El capitán señaló hacia su izquierda, explicando su pensamiento:

—Es que pensaba en que tal vez escuchó de las pirámides que descubrieron y sintió curiosidad…

—¿Cree que haya ido al complejo arqueológico, o con el grupo que lleva la maestra Guerra?

—Si yo fuera niño, me inquietaría ver ese lugar lleno de imágenes con calaveras… —abundó el capitán. Su superior torció la cabeza, asimilando la idea. No era ilógica, y parecía tener más sentido del que le gustaba admitir. Su hijo, en efecto, era raro.

—No está lejos, es por este lado…

Los dos hombres empezaron a caminar alzando los pies que de pronto se sumergían en la gruesa capa de nieve. La respiración en ambos era continua y angustiosa, como la de un motor rugiente. El silencio de la noche sólo era roto por los pasos entre escarcha y hojas. Detalle que para el capitán fue importante, ya que habían dejado de escuchar los gritos de los soldados que hacían la búsqueda igual que ellos. Su instinto militar le murmuró que algo no estaba bien. Puso una mano en el hombro del licenciado Salinas, que saltó asustado ante el gesto.

—¡¿Qué?! —gritó en lágrimas.

—Escuche… —susurró el capitán Alcocer. Alzo el dedo al cielo. El hombre, desesperado, giró la cabeza de un lado a otro.

—No escucho nada… —rezongó. Pero no era cierto. Sí había algo. No, no eran los gritos de la búsqueda, que repetían el nombre de Toñito una y otra vez. Era algo más, un murmullo que se mezclaba con el viento. Algo rítmico, continuo y envolvente: un cántico.

—Viene de las pirámides… —señaló el militar aprestando el rifle. Ambos hombres continuaron el trayecto por los árboles hasta que un brillo entre la neblina y la tormenta se dejó ver como si hubieran abierto las cortinas de ese bosque.

Era un paraje abierto, donde los árboles habían dejado de interponerse uno a uno. Sin duda era el campo que hace semanas atrás el campesino Camilo y su hijo estaban arando para el cultivo del nuevo año. El mismo donde se habían descubierto esos restos ancestrales. Tal vez antorchas o lámparas, pero estaba levemente iluminado. El licenciado volteó a ver al capitán admirado por el descubrimiento. Pensó que eran los trabajadores de la arqueóloga que continuaban trabajando a pesar de la nieve y la oscuridad. Pero el canto era lo que más intrigaba, lo que ponía la piel de gallina.

Acercándose con cautela vislumbraron las siluetas de la estructura redonda que les había mostrado días atrás la mujer regordeta, presumiendo que se trataba de ese lugar de sacrificios. Alrededor de ella se veían personas. O sólo sombras. Pero no cabía duda que de ese grupo provenía aquel canto.

—¿Qué es eso…? —exclamó el licenciado Salinas. El capitán no respondió pues trataba de hacerse a la idea de lo que sus ojos, velados por las inclemencias del clima, estaban viendo.

— *Yoalli tlavana, yztleican timonene quia xiyaqui mitlatia teucuitlaque mitl xicmoquentiquetlovia…* —era el canto que escuchaba. El capitán no entendía las palabras, pero supo que eran

141

nahuas. Quiso huir de ese lugar, pues su instinto lo había llevado hasta ahí, y ahora también le decía que debía alejarse. Por eso frenó al licenciado, aferrándole el brazo con una mano.

—Cuidado… —fue lo único inteligente que pudo decir.

Entonces lo vieron. El alcaide Salinas miró la figura en la pirámide. Estaba seguro de que era él, su hijo. Sabía que un padre podría reconocer a su retoño aun con la nevada golpeando el paraje. Era el color de su piel, su cabello rebelde alborotado, su misma estatura. Le extrañó la desnudez, pues ante la poca luz de las antorchas, se veía sin ropa. El licenciado Salinas sintió alivio, por fin había encontrado a su hijo. Comenzó a cruzar los últimos árboles del bosque para llegar al recinto donde se levantaban las pirámides. Tenía que ir esquivando la maquinaria con la que habían descubierto las estructuras de piedra, cubierta de nieve, perdiéndose bajo la sábana blanca invernal.

Su hijo no hacía nada, sólo estaba en pie, desnudo, en medio de esa pirámide redonda. Algunos hombres cantaban alrededor, pero alejados de la base circular. Eran unos veinte quizá, con caras veladas por la noche, pero con atuendos variados, mas no extraños: camisas a rayas, faldas, pantalones, sombreros de paja: habitantes del pueblo de Perote, campesinos. El canto continuaba, compitiendo con la tormenta.

—*In ti yoallavana, ti Xipe, Totec. Tleica intimonenequi intimoçuma intimot-latia. Id est. Tleica inamoquiavi. Teo-cuitlaquemitl xicmoquenti. Ma-quiavi mavalauh yn atl.*

—Es él, es mi hijo… Lo tienen secuestrado —murmuró el padre al capitán. El licenciado Salinas apuró el paso, mostrándose a los que llevaban el extraño ritual. No dejaron de entonar el cántico en lengua vieja, ni siquiera pusieron atención a los recién llegados. Estaban tan absortos que parecían en trance. El capitán Alcocer intentó alcanzar a su superior que corría con la linterna alzada para poder mirar mejor. La luz poco a poco empezó a llegar a ese cúmulo de personas, otorgándoles caras. El capitán se dio cuenta de algo que lo aterró: sus ojos estaban en blanco, sumergidos en un trance total. El alcaide corrió más veloz, dejando al capitán atrás. Irían por su hijo, lo rescatarían y regresarían al fuerte, a calentarse frente a una chimenea. Quizá le daría un baño caliente, pues ser expuesto a semejante tormenta no era bueno.

—¡Licenciado! ¡Deténgase…! —le gritó el militar frenándose de golpe, tratando de que sus ojos se ajustaran a la tenue luz de la lámpara. Algo había visto que parecía extraño, fuera de lugar: era el color de la piel de Toñito, bañada de sangre. Y sin duda, su cabello mojado en carmesí. Pero sobre todo era el volumen, más grueso. Detenido en medio de esa llanura, el capitán intentó dar forma a las manchas en la oscuridad, mientras el padre desesperado corría en pos de su hijo. Por fin las piezas cayeron en su lugar: aquella figura no era Toñito, ya no. Era sólo la piel del niño, arrancada en su totalidad de su cuerpo para ser usada como vestimenta. Y si la vista no le jugaba una broma, quien vestía la piel ensangrentada era la maestra Marina Guerra. Lo notó cuando vio sus ojos brillantes detrás de la máscara de piel del niño. Eran esos ojos café que encontró días atrás, implorando el regreso de un dios antiguo a estas tierras.

—No… No… —logró murmurar el militar, retrocediendo cuando descubrió el disfraz.

El licenciado Salinas llegó a los pies de la pirámide y alzó la linterna, revelando también el engaño. Miró aterrado esa piel teñida, fresca, recién curtida para usarse en el sacrificio. El padre, asqueado y sin aceptar aún la terrible realidad, dio un paso y murmuró:

—Toñito…

La pequeña mujer que había descubierto el espacio arqueológico, y que ahora lo regía cual suma sacerdotisa, desnuda, cubierta de la primera víctima en honor a Nuestro Señor Desollado, volteó a verlo, satisfecha por el ritual realizado.

—*¡In ti yoallavana, ti Xipe, Tótec!* ¡Es tiempo de renovarse! ¡De renacer! —gritó la mujer retirándose el rostro arrancado.

El licenciado Salinas quiso llorar, gritar, golpearla. Pero se mantuvo congelado, sintiendo el frío en su cuerpo, tratando de entender lo que estaba sucediendo. Y ahí, parado a los pies de la pirámide redonda, entre la nieve que caía y la oscuridad de la noche que servía de cómplice, emergió el gigante descarnado disfrutando la inmolación. Las antorchas lo iluminaron, los cantos crecieron, Xipe Tótec caminó con grandes zancadas entre los copos invernales que caían. Estiró su largo brazo ensangrentado para que las garras atraparan el cuerpo del padre que seguía estupefacto viendo la piel desnuda de su hijo. Los dedos cruzaron el torso del hombre, algunas uñas se enterraron, y lo alzó hacia su cara. No hubo gritos ni lamentos, quizá la racionalidad del alcaide se había perdido ya. El dios abrió su boca que castañeaba, excitado por su regreso triunfal, y de una mordida le arrancó al cuerpo su cabeza.

Los gritos de gloria de los presentes se hicieron oír. El dios paladeó la sangre de su víctima. Luego escupió la cabeza, que rebotó hasta los pies de la sacerdotisa que vestía la piel del sacrificio. La magia regresaba, la deidad había encontrado acólitos.

Fue lo último que el capitán vio de ese ritual. Dio media vuelta y empezó a correr como un loco hacia el fuerte de San Carlos, huyendo de esa locura que quedaba a sus espaldas. Nadie lo siguió. No importaba, pues todos caerían, tarde o temprano.

XV

7 de diciembre de 1943
Veracruz, México

Osita, ¿cómo estás? ¿Aún vives en la casa de tu padre, en las afueras de Barcelona? Recuerdo el sonido del tranvía que nos despertaba en la cama después de hacer el amor. Recuerdo tantas y tantas cosas que me gustaría escribirlas para meterlas en una caja y que no se perdieran. Tal vez sea teatral, pero algo me dice que no volveré a verte nunca más. La situación por estos rumbos no pinta bien, nada bien. Yo pensaba que iba a ser como un día de campo este confinamiento, mas el destino dio un giro total: literalmente nos están matando.

Fue en la noche que todo pareció salirse de control. No recuerdo a qué hora, pero las alarmas comenzaron a sonar. Nunca lo hacen, fue tan raro que muchos ni siquiera sabían de qué se trataba. Yo recordé mis días contigo en España, y lo primero que pensé fue en un bombardeo. Era de esperar que después de los lamentos de las sirenas se escucharan los aviones acercándose para vaciar sus racimos de bombas en la ciudad. Mi instinto me hizo reaccionar y meterme debajo de las literas. Mas no hubo ningún ataque. Estamos en México y la guerra civil española ha terminado. Los soldados mexicanos llegaron a los cuartos, con caras más asustadas que nosotros. Muchachos que no están acostumbrados a enfrentar el terror de la verdadera guerra. Este país no la sufre desde hace décadas. Esos chicos ni idea tienen cómo suena el rugido de un cañón.

El hijo del alcaide había desaparecido. Pero eso sólo fue la mecha. Varios presos, al parecer, también se desvanecieron como por arte de magia. Para el colmo, una dura nevada comenzó en el exterior. ¿Te he platicado de este clima que cala los huesos? ¿De las nevadas que azotan la montaña sin piedad? Uno piensa en México lleno de palmeras, y quizá nopales, pero el país es enorme, posee todo un muestrario de climas. Pero te es ejemplo de que estamos en una gran extensión donde pueden coexistir desde playas calurosas hasta inhóspitos picos nevados.

Todos nos formamos en los arcos, en la plaza, desde donde hicieron un conteo rápido. Ese diminuto hombrecito que es el alcaide pidió varios grupos para buscar a su hijo en los bosques colindantes. Fue cuando yo decidí hablar: podríamos ayudar. Sabíamos que estábamos presos, pero muchos habíamos sido militares entrenados. No necesitábamos armas, pero serviríamos en caso de que fuera algo peligroso. Sin embargo, a sugerencia del capitán al mando, un moreno alto y joven, el alcaide no aceptó mi oferta. Mala idea, lo dije, y lo sostuve.

En la mañana, sólo algunas de las partidas que salieron al bosque regresaron. Menos de una docena de hombres, de los casi cincuenta. Yo había visto algo similar en España, cuando salíamos a los campos para ser atacados por las guerrillas. Ni siquiera había heridos. Sólo disminuíamos. El capitán fue de los pocos que sobrevivió. Llegó blanco, pálido. Había perdido cualquier color en su rostro. Sus explicaciones eran delirantes, de alguien trastornado. Habló de un gigante todo de carne y de un pueblo unido en un ritual asesino. Delirios ante el terror del combate, pensamos muchos. Pero ante la ausencia del alcaide, fue él quien tomó el mando: necesitaba apoyo de todos los presentes, así que decidió reconsiderar mi oferta, usando a los marinos que habían combatido en el pasado para unirse a los soldados que quedaban en el fuerte. Hicimos varios rondines por los diferentes cuartos de la fortaleza. Lo que descubrimos fue horrible: en el pasillo de las celdas, donde mantenían a un trío de castigados, se descubrió el horror. Habían arrancado los barrotes de golpe, extrayendo sus anclas de los gruesos muros como si fueran de papel. Metal arrugado y retorcido disperso por el camino. Y en el interior, una carnicería. Pedazos de humanos, charcos enormes de sangre. Pero lo más inquietante fue que no se encontraron las cabezas de dos de esos pobres cristianos. El torso sí, tirado en el centro de las celdas, pero nada del cuello para arriba. Muchos vomitamos ante la terrible visión.

Un ataque del enemigo fue la primera idea que circuló. Sin embargo, la pregunta pronto apareció: ¿Cuál enemigo? ¿Un comando del Eje infiltrado en México? Era ridículo. ¿Japoneses que decidieron tomar el país vecino de Estados Unidos? Más alocado aún. ¿Un levantamiento popular? Eso no sonaba tan alocado. México había pasado por una terrible revolución que no había logrado terminar con la gran pobreza, pero sí había enterrado muchos cuerpos. Si el pueblo de Perote se levantaba contra los militares del fuerte estábamos perdidos: sólo basados en el número seríamos acribillados de inmediato.

De que había un complot, no había duda. Al siguiente día, con la luz de la mañana, se hizo revisión de la situación: todos los vehículos estacionados en el fuerte habían sido saboteados. Alguien se había dedicado a quitarles las baterías, dejándolos inservibles. ¿La radio que comunicaba a la capital? Destruida de un golpe de hacha. Era obvio que un grupo de infiltrados nos quería incomunicados y sin protección. Yo, que me relaciono con varios grupos locales, entre ellos los del partido nazi, no pude tener algo en claro, incluso ellos nada sabían de aquello. Pensé que podría ser un intento de huida orquestado por los prisioneros, no obstante todos estaban desconcertados. No había sido obra de ellos.

¿Qué nos queda por hacer, osita? Esperar, por eso escribo, mientras la nevada continua golpeando las paredes de la prisión. Las caras son de angustia ante el misterio.

No hay respuestas, pero tampoco encontramos las preguntas. ¿A qué nos enfrentamos? No lo sé. Nadie parece saberlo. Si ésta es mi última carta para ti, sabrás que algo sucedió en el campo de concentración de Perote. Ojala tú puedas saber más que yo. Que cuando recibas la noticia de mi muerte, te expliquen qué sucedió. Al menos, espero que te lo digan. La verdad podrá ser dura, pero es mi última resignación.

Te extrañaré siempre,

Johann Lang, "Barcelona"

XVI

—¿Así que sólo viste eso? —cuestionó el capitán de brigada César Alcocer, sentado en la oficina del alcaide. Se le distinguían grandes ojeras y la corbata de su uniforme de capitán había desaparecido. Era evidente que las últimas horas no habían sido placenteras. Karl von Graft sintió un poco de pena por él. No mucha, pero sí algo.

—Ésa es mi historia, mi capi. Y por lo que veo, debo agradecer no haber terminado como filete en carnicería. Ya ve que descubrieron a mi compañero de celda hecho pedazos. Por lo que logré ver, le faltaban partes… ¿Sabe si ya apareció su cabeza? No la pudieron encontrar —respondió Karl von Graft peinando las plumas de su sombrero fedora y estirando las piernas sentado en uno de los sillones. Ambos estaban en el privado del difunto director Salinas. Ante el ataque nocturno a los encarcelados, Alcocer había decidido soltar a Von Graft. Ya que el infructuoso intento de rescate de Toñito, y de los hechos posteriores, evidenciaron que no sólo estaban en medio de una terrible tormenta invernal, sino, además, totalmente incomunicados.

—No que yo sepa, Von Graft… Debería no creerle, pero después de lo que atestigüé, supongo que cualquier cosa puede suceder —rezongó el capitán, volteando a ver los restos de la radio hecha pedazos, con los circuitos tirados como si hubiera vaciado sus vísceras y con el hacha clavada en la mesa donde antes descansaba.

—¿Y qué vio, capitán? —preguntó Von Graft.

—Un gigante… —buscó entre los libros que le había enseñado la maestra Guerra al licenciado Salinas, que aún permanecían en el escritorio. Al ver la imagen de un viejo códice prehispánico donde se apreciaba a un hombre pequeño jalando a un ser enorme, la señaló. Von Graft sólo alzó las cejas.

—¿Un gigante? —murmuró intentando dar forma a la figura que vio en su celda, pero había sido todo tan borroso, que no sabía si se trataba de eso.

—Descarnado… Los hombres que huyeron y los campesinos lo adoran. Creo que era su recinto sagrado lo que descubrió la arqueóloga —bajó el libro. Lo colocó a un lado del cuchillo de obsidiana que también había sido presea para el director.

—¿Y ella?, ¿esa listilla?

—No sé cómo, pero domina a esos adoradores. Y en parte, creo que también al ser —pensó en voz alta el capitán.

—Quiero agradecerle que me rescatara de ese cuchitril, ahora seguro sería uno más de los caídos… Pensé que me quería muerto, capitán.

—Una cosa es mi trabajo, el escoltarlo. Otra, muy distinta, desearle un mal… Somos humanos, no merecemos esa aberración que padecieron sus compañeros. Aunque no lo crea, soy un creyente que respeta la vida.

—¿Estoy libre? —cuestionó Von Graft con un gesto dentado.

—No creo que sea la palabra adecuada. En realidad, ahora está atrapado junto a nosotros en esta mierda de lugar, en medio de una puta encabronada nevada, con una chingadera de locura de casi cinco metros que ronda allá afuera… ¿Le gusta esa descripción?

—Con decir "libre" bastaba —murmuró colocando en su rostro un gesto de farsa.

—¡¿Cree que es un puto chiste todo esto?! —explotó el

militar dando un manotazo en la mesa. Hizo volar algunos documentos que ya no necesitaría el licenciado Salinas.

Los dos hombres se quedaron mirando como enfrentados en un duelo. No se habían agradado desde que se conocieron, y ahora tenían que hacer frente común ante tan singular situación. El capitán estaba lleno de cuestionamientos, le agobiaba cada decisión que tomaba. Liberar a un prisionero acusado de saboteador... quizá no fuera una decisión inteligente. Sin embargo, después de descubrir la carnicería en las celdas, no podía dejarlo ahí. Sólo le quedaba tenerlo lo más cerca posible, le gustara o no.

—¡Ni siquiera sé que chingaos está pasando! —gritó desesperado.

—Ponerse así, capitán, tampoco ayudará —alzó los hombros el prisionero alemán. El capitán le dedicó una mirada, intrigado. Von Graft se levantó, con pausada lentitud caminó hasta el lado donde estaba sentado el oficial. Buscó por los cajones del escritorio. Al encontrar una cajetilla, la besó, y extrajo un cigarro, para ofrecerle en seguida otro al capitán—: Mire, aquí hay familias y cientos de prisioneros que confían en usted. Estamos atrapados en esta ruina que parece un enorme congelador en medio de la nada. Estoy seguro de que en la capital les importamos un bledo, y sin comunicaciones, no se cuestionarán nuestro estado por un mes. Tiempo más que suficiente para ser masacrados. Si pierde la calma ahora, tendremos menos probabilidades de salir de aquí...

El militar lo miró sin entender el desenfado con el que hablaba ante la gravedad del asunto. Dejo escapar aire, rebuscó en sus bolsillos, encontró su encendedor, lo extrajo y prendió la flama para que ambos pudieran encender su vicio.

—Suena muy adulto. No sé, como hablaría mi padre... —repuso el capitán expulsando el humo después de una gran fumada.

—Perdón que lo diga, pero sueno como alguien que trata de mantener la cordura —explicó el alemán regresando a su lugar para disfrutar el cigarro tan anhelado—. He vivido muchas situaciones de peligro. Perder la cordura podría haberme matado. Soy un sobreviviente, mi capi.

—¿Cree que me chupo el dedo, Von Graft? Sé que estuvo en la milicia, se reconoce a quien ha visto la guerra. Demasiado ordenado, demasiado frío… Por eso lo llamé. No lo quiero de enemigo, lo necesito de socio. ¿Qué rango tenía en el ejército alemán?

Esa declaración hizo que la situación se volviera más tensa. Von Graft ya no pudo esconder su sorpresa. Al menos no lo señalaba como culpable de los supuestos asesinatos que le atribuían en la ciudad, pero sin duda había acertado con su pasado. Negarlo, en la situación delicada que se vivía, era absurdo. Como el mismo capitán había comentado: mejor un socio que un enemigo.

—*Kapitän*… Igual que usted. ¿Qué me delató? No recuerdo haber hecho el saludo nazi.

—Limpia sus botas todos los días. Es más pulcro que un mariconcito. Von Graft, usted es tan soldado como yo. No sé si en verdad sea un asesino, y a estas alturas, no me importa. Pero supongo que sabe dar órdenes y obedecerlas. Será mi enlace con el resto. Bueno, los que aún quedan…

—¿Enlace? Ayer era un paría de la sociedad. Y hoy, todo un combatiente a sus órdenes. ¡Vaya que el destino juega con nosotros!

—No juegue con su suerte, Von Graft… —señaló el capitán, molesto por la actitud chabacana del alemán—, o le aplicaré la ley fuga y lo contaré con el resto de los asesinados de anoche.

Alcocer abrió otro cajón del escritorio de Salinas, rebuscó entre las cosas, y encontrando lo que buscaba, sacó un revólver Smith & Wesson. Lo miró con cuidado, separó el carrete y lo regresó a su lugar. Al final lo colocó en la mesa, arrimándolo un poco hacia Von Graft, quien lo observaba admirado por ese acto.

—¿Me da un revólver sabiendo quién soy? —balbuceó.

—No, se lo doy sabiendo que era soldado. Por favor, respete su puesto y mis órdenes. Úselo si lo cree necesario —explicó con determinación. Los ojos de los hombres se cruzaron, surgió algo extraño entre ellos. Respeto y miedo. Ninguno se sentía a gusto con el otro, pero ambos habían vivido y visto cosas que levantarían revuelo si eran exhibidas en sociedad.

—Podría huir... —insinuó Von Graft.

—¿Adónde? ¿Afuera, donde seguro ese gigante caníbal lo matará? —el capitán respondió con la misma actitud fanfarrona que había recibido de su prisionero. Von Graft tuvo que afirmar con la cabeza. Tomó la pistola, también la revisó con cuidado y la colocó en su cinturón, ocultándola tras la chamarra.

—Creo que acaba de arruinar mi plan de escape... —soltó tratando de mostrarse de nuevo juguetón. Ya no le pareció tan chocante el capitán y le regaló una risa pequeña de aprobación—. A ver, capitán, hemos visto cosas que aún no creemos, pero sucedieron. Nos gusten o no. Así que antes de pensar en un plan necesitamos conocer a nuestro enemigo. Propongo ver qué está pasando en el pueblo.

—¿Quiere que perdamos más hombres? ¡Quedan apenas una docena de soldados!

—Yo no arriesgaría a los muchachos... —le interrumpió Von Graft—. ¿No los ve? Apenas si pueden limpiarse los calzones. Debemos ir los dos.

El capitán se levantó de la silla, soltando un suspiro. Parpadeó, observó hacia el exterior, mirando el gran manto blanco que cubría la plaza. El sol lo reflejaba cual gran espejo, haciéndolo voltear de nuevo hacia Karl von Graft.

—¿Por qué?

—No es que presuma, pero también fui cazador en los Alpes bávaros. Sé moverme en el bosque nevado sin que los venados me vean. Y ustedes, los mexicanos, sólo saben hacer revoluciones en el desierto. La nieve es mi ambiente, no el suyo.

Alcocer sabía que había sido buena idea pedir la cooperación de este hombre, pero se sorprendió ante esas palabras que eran más que verdad.

—¿Ahora?

—Espero que tenga una chamarra muy gruesa, porque hará frío… —señaló la ventana, donde se veían los copos de nieve caer—. ¿Y no tendrá otra para mí?

XVII

Siguiendo la tradición popular, el día 12 de diciembre Walt Disney y su grupo hicieron su visita a la Basílica de Santa María de Guadalupe. La asistencia al santuario asumía más fondo que el simple recorrido de investigación: Disney se afianzaba cual mexicano, rindiendo respetos al icono religioso más importante del país. Debido a la fecha, la plaza se encontraba en pleno festejo con mariachis, devotos y grupos étnicos que bailaban para adorar a la virgen. La fiesta causó una gran impresión en los estadounidenses que no dejaron de hacer bosquejos o de tomar apuntes. El productor cinematográfico afirmaría que nunca había presenciado un espectáculo de igual magnitud.

Ese mismo día cruzaron la ciudad para visitar Xochimilco. Subidos en las trajineras, se adentraron por los canales para descubrir los frondosos árboles, las rosadas buganvilias y el juego de colores de las mujeres en sus canoas que vendían flores. La artista Mary Blair, directora de arte del grupo, hizo una serie de dibujos del mismo tema. El último de sus eventos sociales fue una fiesta organizada por la Presidencia: una posada el 20 de diciembre en el Rancho del Artista, donde los invitados probaron comida mexicana, como el pozole tapatío, el caldo de pollo y el champurrado. También hubo elotes, ponche de frutas y tamales que el grupo de artistas pudo disfrutar, siguiendo la usanza de la festividad decembrina. Los estadounidenses pronto se vieron arropados por el jolgorio, uniéndose a los grupos para cantar las letanías de la posada. Desde luego, con los ojos tapados, y aferrando un palo de madera, rompieron la típica piñata llena de frutas y colaciones. La noche terminó con un "torito" de fuegos artificiales y coloridos juegos de luces que cubrieron la noche, pintándola con cientos de destellos.

A todos estos eventos, Von Graft los seguía cual compañero y traductor del cineasta. Sin embargo, había un pesar en él. Pues el otrora achispado, ahora el alemán era un ser callado y pensativo. Walt Disney le cuestionó su actitud una vez, para obtener como simple respuesta un malestar de salud. Mas fue en esa posada que Karl cambió: mientras bebían alegres el ponche con piquete, entre el grupo de famosos invitados apareció una bella rubia de rasgos afilados. El mismo Disney la notó al verla caminar con aplomo hasta la mesa que compartía con su esposa y Von Graft. Vestía un traje sastre cruzado, con una estola de mink rodeando su cuello.

—Un placer, *herr* Disney… —dijo la beldad con acento germano estirando una mano para saludar, mano que Disney besó, como todo un caballero.

—¿Tenemos el gusto de conocernos, señorita…? —preguntó Lilly, la esposa del productor de Hollywood.

—Hilda, Hilda Krüger. No creo, señora. Quizás en alguna de mis películas. Actriz… No tan reconocida como quisiera —explicó la mujer colocándose una sonrisa arrebatadora.

—Me suena su nombre —explicó pensativo Disney. Hilda se sentó a su lado, tomándole la mano.

—Tal vez aquí el barón Von Graft le comentó algo. Somos amigos cercanos…

—Tal vez… —profirió Disney sin darle más importancia. Alzó su copa y brindó con ella. Y burlón, exclamó—: Otra extranjera que cae en las garras de la belleza mexicana. Creo que a todos los que llegamos nos hechizan para quedarnos. Yo ya estoy enamorado de este país…

—Ya somos muchos, señor Disney —secundó Hilda. Ella volteó de un lado a otro, buscando una copa para ella. Al no encontrarla, soltó la mano del famoso director para hablar con Von Graft—: Querido, creo que no tengo bebida. ¿Me acompañas por una?

Con una inclinación a la pareja Disney, Von Graft e Hilda Krüger se perdieron entre la muchedumbre de invitados que trataban de partir la piñata. Llegaron hasta una de las cantinas dispuestas con papel picado y sillas de equipales.

—Hilda... *Guten nacht...* —susurró con los ojos en el piso el alemán.

—Miren, miren... ¡El mismísimo barón Von Graft! —devolvió el saludo la rubia pidiendo dos vasos con tequila al mesero de la barra. Los sirvió con limón y sal. Hilda alzó su copa logrando desaparecer el contenido de un solo trago. Sin mueca de por medio—. ¿Qué eres ahora? ¿Productor de cine? ¿Traficante en Grecia? ¿Cazador de Bavaria?... ¡Cuántas maravillosas vidas has vivido, Karl!

—¿Y tú? ¿Serás una afamada escritora sobre Sor Juana Inés de la Cruz? ¿La actriz de cine? ¡No, lo olvidé! ¡Eres la puta de Miguel Alemán! —respondió molesto Von Graft. Hilda no se inmutó ante ese desplante, se limitó a regalarle un:

—... *der Dussel!*

—Puedes hacer como trapo a medio México, pero no a mí... Tengo una coraza para que no me importen tus burlas —completó Von Graft, gustando de su tequila. Hilda se llevó el limón a la boca y lo chupó, dejando en éste la marca de su labial.

—Fallaste en tu misión, Disney está vivo. Tendré que avisar a Berlín.

—No, no lo harás —la confrontó Von Graft, seguro de sí mismo. Hilda alzó una ceja, intrigada—. Mira a tu alrededor, ¿lo ves?

—Una posada... Una fiesta...

—¡Una fiesta mexicana! ¿Realmente te importa lo que pase en Europa? ¡Estamos en una fiesta mexicana! Sé que soy un embustero, un mentiroso con posgrado, pero no negaras que tú no eres distinta… Nos importa un bledo la guerra. Sólo actuamos de espías porque nos gusta la buena vida.

Hilda le arrojó una mirada dura, molesta. No estaba acostumbrada a que la descubrieran de la manera que ese actor de medio pelo lo hacía. Ni él había sido el espía maravilloso que se vendió al partido nazi ni ella la intelectual manipuladora que su reputación señalaba.

—Querida, explicarás a tu querido Goebbels que la orden del Führer comprometía todo el sistema de espionaje en México… ¿Sabes lo que dirían los americanos si matamos a Walt Disney? Hay prioridades en esta guerra, y no debemos cumplir berrinches de un pintor frustrado —explicó Karl con guiño picaresco.

—Mira, no tengo idea de por qué debo escucharte, Karl, pero te entiendo: nos va bien en México. Mírate, eres todo un dandi. Hasta "barón" te llaman, aunque seas el hijo de un obrero de Hamburgo y una puta argentina de los arrabales de Buenos Aires. Yo tampoco quiero perder mis privilegios, me tratan bien, soy una estrella en México… ¿Tienes alguna idea para ayudar a esconder tu fracaso y tu bola de mentiras?

Von Graft señaló las copas vacías. El mesero rellenó con tequila ambas. El espía alemán levantó la suya mientras explicaba:

—Dame otra misión. Una que sí sea militar, que podamos vender como éxito.

—¿Algo que haga olvidar tu terrible error?

—Sí… —Von Graft bebió el tequila. Sabía que Hilda no destruiría todos los lazos que tenía en México por matar a Disney. Comprendía que el presidente Ávila Camacho ya había tomado la decisión de apoyar a los norteamericanos. Sólo había que desviar las atenciones—. Algo para que nos apapachen en Berlín y nos dejen aquí en México, fuera de todas las locuras de nuestro país. Aquí no necesitamos guerra.

—Pienso que me informaron sobre una bodega llena de bombas norteamericanas. Esas armas podrían destruir submarinos alemanes que hacen exploraciones en el Atlántico. La devastación de uno de nuestros botes sumergibles sería terrible...

Von Graft recibió la noticia con beneplácito, era exactamente lo que buscaba. Sin duda un blanco militar era mucho más apreciado que matar a un cineasta.

—Dime dónde está.

—No va a ser tan fácil, Von Graft. Tendremos que hacer un plan un poco más complicado que venderte como productor de cine. Te vas a dejar atrapar, que te crean culpable de espionaje...

—¿Yo?

—Sí, crearé un falso asesinato del que te culparán, para que te lleven a la fortaleza de San Carlos, donde guardan el armamento que vas a destruir. Ahí te encontrarás con un contacto que te dará el detonador.

Von Graft no entendió del todo cuál era el plan de su jefa de la Abwehr, pero estaba dispuesto a seguirlo para calmar las aguas en el partido nazi por no haber entregado la cabeza que le pidieron.

—¿San Carlos?

—Perote, donde encierran a los sospechosos alemanes. En Veracruz.

—¿Veracruz? Me gusta la playa y el sol.

Hilda rio pensando en las montañas glaciales de esa fortaleza. No iba ser ella quien le diría a Von Graft a lo que se enfrentaría.

—Eres un verdadero idiota, Von Graft. Ni idea tienes de dónde es ese lugar, ¿verdad?

—Después de cumplir la misión... ¿podrás sacarme de ahí?

—¿Y qué te dice que saldrás con vida, Von Graft? —terminó Hilda consumando su tequila de golpe. Sus ojos voltearon a la mesa donde la afamada pareja norteamericana seguía disfrutando de su homenaje. Esa magnífica fiesta que gozaba Walt Disney sería reconstruida con exactitud sorprendente en la cinta *Los tres caballeros*. Era el último día del grupo de Disney en

México. Nunca sabría lo cerca de morir que estuvo. La decisión de Karl von Graft tal vez cambió su suerte en México, y al dejarlo con vida, no habría duda de que cambió también la historia del entretenimiento.

XVIII

Un grupo de prisioneros accedieron a la gran pieza que servía de comedor general en la fortaleza. Los arcos en bóveda, sostenidos por gruesas columnas, servían para enmarcar el aposento donde amplias mesas y sillas perseveraban en silencio, al igual que los hombres que estaban sentados en ellas. La familia Federmann se encontraba en una esquina, al lado de un viejo piano de cola que habían colado para el entretenimiento de los que vivían en la fortaleza. Greta abrazaba a su hija María, mientras que Victoria, a su lado, tenía la mirada dura. Algunas mujeres retenidas por su apellido alemán estaban ante otro tablón. En todos imperaba un gesto de angustia. A lo largo de la pared, seis soldados desperdigados vigilaban. En el tablero central, el capitán César Alcocer con Karl von Graft a su lado eran el foco de atención. Frente a ellos, en una tela extendida, podía verse un grupo de armas de todo tipo. Desde un revólver calibre 22 hasta una Luger alemana. En el resto de las sillas, representantes de los grupos encarcelados: italianos, japoneses y alemanes.

—¿Ustedes fueron militares? —preguntó el capitán mexicano al grupo recién entrado.

—Algunos… Otros fuimos bomberos, médicos o policías —explicó uno de ellos en español. Era alto, de complexión musculosa. Su cara ruda, como si la hubiera labrado un mal escultor. El cabello lo llevaba corto, pelirrojo, pero mezclado con motas blancas. El brazo izquierdo tenía tatuado la palabra "Osita". Era un enorme e impactante alemán.

—¿Tu nombre? —cuestionó Von Graft imponiéndose.

—Johann Lang. Aquí me dicen "Barcelona" —respondió con voz grave. Las niñas Federmann lo miraron impresionadas—. Estuve en la guerra de España.

—Bien, Lang, espero entiendas que algo está sucediendo y necesitamos cuidarnos —giró el alemán hacia el capitán Alcocer, quien se levantó para dar a los recién llegados las armas que estaban sobre la mesa—. Si ven algo amenazante, no duden en disparar.

—¿Nos están armando? —admirado el marino revisó el revólver que le habían entregado. Sintió deseos de escribir el suceso en una de sus tantas cartas que mandaba a su mujer en España.

—Sí, y te pido a ti personalmente que cuides a las familias aquí presentes. Las pasaremos a los dormitorios del segundo piso. Éste es el señor Federmann, no sé si lo conocías —indicó el capitán, señalando a Richard Federmann, quien se levantó, acomodando su saco para hacer una reverencia. Barcelona se la devolvió con el mismo porte frío germano. Luego, el marino saludó a Greta de mano. Ella, asustada, apenas si tocó su gran mano.

—¿Saben qué está pasando, capitán? —cuestionó curioso.

—Quizá menos que tú, si es que podemos obtener una pista de la desaparición de tus compañeros… —expuso Alcocer. Los ojos de Barcelona saltaron hacia cada uno de los presentes, que no retiraban el foco de atención de él. Se tomó su tiempo, revisó el revólver abriéndolo para comprobar que tenía balas. Apuntó, sintió el peso en su mano y lo guardó en la parte trasera de su pantalón.

—Se fueron… Se los llevó el Monje Gris —detalló Barcelona señalando hacia la ventana, al exterior donde los copos de nieve seguían cayendo.

—¿El Monje Gris? —repitió el capitán.

—Muchos de ellos estaban en las excavaciones del exterior, con la mujer arqueóloga. El Monje Gris se apuntó como voluntario. Me dijo que los iba a adoctrinar, a enseñarles la verdad velada… Es mi compañero de camastro, no le creí nada pues es un loco. La noche de la nevada desapareció. Luego se llevó al resto. Ellos fueron los que boicotearon los automóviles.

—¿Los viste? —interrogó Von Graft.

—Cuando desperté, pensé que seguía escribiendo. Así que me asomé al exterior para saber dónde estaba. Acostumbra meterse en problemas con los soldados… Los vi en la plaza, en medio de la nieve, extrayendo las baterías. Eran unos treinta. Ahí estaba el Monje dando indicaciones.

—¿Monje? —cuestionó sin comprender Federmann.

Un soldado que hacía guardia, al lado de él, respondió:

—El prisionero Adolf Schulz. Le dicen el Monje Gris. Encarcelado por asesinato. Es cierto lo que dice Barcelona, está más loco que una cabra.

—Pues muy loco, muy loco, pero no sólo convenció a varios; logró escapar del fuerte… Cosa que ya me hubiera gustado hacer hace un par de días —comentó burlón Von Graft.

—Habló de un ente, un ser divino que lo había escogido como su acolito… —dictó Barcelona, un poco dudoso de que los delirios de su compañero fueran verdad. Más el rostro del capitán Alcocer cambió radicalmente, éste giró su mirada hacia Von Graft, y ambos asistieron en silencio.

—Bien… Regresen a los cuartos. Nos reuniremos en la noche para ver cuál será el plan para pedir ayuda a la ciudad. El señor Von Graft y yo daremos un paseo de reconocimiento apenas deje de nevar —indicó el militar. Los prisioneros guardaron las armas y, seguidos de tres soldados, se perdieron entre los túneles que conectaban a las habitaciones.

César Alcocer se levantó, tamborileando los dedos en la mesa, nervioso ante lo que le habían dicho sobre los prisioneros perdidos. No le gustaba que se hubieran unido a ese grupo de fanáticos que vio en el exterior. Habían decidido Von Graft y él no comentar nada sobre aquel gigante o la terrible muerte que recibió el chico Salinas al serle arrancada su piel para el ritual. Cuanto menos supieran, mejor sería el ambiente para los que protegían.

La familia Federmann se le acercó. Apenas vio a Greta, el capitán le sonrió. María estaba escondida entre sus ropas. Asomó su rostro y lo contempló con esos enormes ojos. Alcocer le regaló un pequeño cariño con la mano en la cabeza, despeinándola. María abrió la boca, al ser golpeada por una visión. Si entonces hubiera sabido más sobre los dones de aquella pequeña, el oficial habría comprendido que ella estaba teniendo uno de sus atisbos al futuro o al pasado. Mas la atención del capitán pertenecía totalmente a la madre.

—¿Estaremos seguras en los cuartos de la planta alta? —preguntó ella—. Ahí raptaron al niño de Salinas…

—Espero lo estén. Al menos permanecerán las niñas mejor vigiladas —explicó el capitán.

—¿Vamos a morir? —cuestionó Victoria, con su cara empalidecida.

—No, yo me encargaré de que estemos sanos y salvos. Estoy seguro de que no tardarán en llegar los apoyos de la Ciudad de México al no tener noticia del fuerte.

Von Graft, entretanto, se mantuvo sentado en su lugar del frente, fumando. Ahora que estaba libre, aprovechaba cualquier momento para disfrutar de su vicio. Él mismo había pedido que armaran a algunos prisioneros para contar con más elementos de defensa. Alcocer se había negado en un principio, pero los soldados a sus órdenes pensaron que era una buena idea. Eran pocos los que quedaban, cualquier ayuda sería bien recibida.

Para su sorpresa, el empresario Richard Federmann se sentó frente a él. Se quitó sus lentes, los limpió con un pañuelo mientras vigilaba de un lado al otro, comprobando que el resto de los presentes en el salón estaban lo suficiente lejos para no escucharlos. Regresó los espejuelos a su rostro y susurró en alemán:

—El águila se posa en lo alto de las montañas.

—Es un cazador nato… —respondió en un murmullo Von Graft, también examinando que la conversación no fuera escuchada por nadie.

—Esperé mucho para que pudiéramos hablar, Von Graft. Me dieron órdenes precisas de contactarlo —continuó en cuchicheo el padre de las chicas. Su actitud era ahora muy distinta, no parecía para nada aterrado.

—Señor Federmann, siempre sospeché que usted sería mi contacto en la prisión. Sin embargo, creo que no es el mejor de los días para presentarnos. Me hubiera gustado encontrarlo en otra situación… —respondió Von Graft con clara incomodidad al ser descubierto como el espía que era. Los dos volvieron a mirar a sus extremos, en especial hacia el capitán que charlaba con la mujer de Federmann. Greta lo tenía aferrado de la mano, jugando con él como si fuera una doncella pidiendo ser rescatada.

—Yo también —respondió el cafetalero—. Por seguir las órdenes de la Abwehr he puesto en peligro a mi familia. Podríamos haber arreglado nuestra libertad en la capital. Tenemos buena relación con el licenciado Alemán, él nunca hubiera permitido nuestro encierro.

—¿Su esposa e hijas…? ¿No lo saben? —señaló con la mirada a las chicas.

—No, y preferiría que eso continuara así. Ellas no comparten mis ideales. Krüger me mandó de regreso para cumplir esta misión.

—¿Cree que yo estoy feliz por todo esto, *herr* Federmann? Me dejé inculpar por un asesinato que no cometí, sólo para que me trajeran a este lugar. Y ahora hay una mierda de locura allá afuera matándonos —gruñó Von Graft aplastando la colilla de su cigarro en la mesa. Una columna de humo se levantó hasta morir.

—La misión es destruir las bombas antiaéreas norteamericanas… —bajó más la voz—. ¿Qué hacemos ahora?

—Primero, salvarnos nosotros y a los suyos. Ante estos acontecimientos, será complicado cumplir la encomienda de destruir el armamento. Podemos decir que teníamos otros asuntos que resolver. Así que olvídese de sus órdenes.

—Nos pueden matar antes… —repuso malhumorado Richard.

—Encarguémonos de que no sea así. Tendremos apoyo en unos días.

—¿Qué hago con el detonador que debía darle? Lo he guardado en mi portafolio.

Karl von Graft se levantó de su asiento, calándose el sombrero hasta las orejas. Alzó los ojos para ver la nevada desde la ventana del comedor. La nieve se arremolinaba en la parte baja del cristal.

—Como le dije, tenemos prioridades, ya lo desecharé para no crear sospechas.

Subió la cremallera de su chamarra y empezó a alejarse para evitar más sospechas de ese furtivo encuentro entre su contacto y él. Lo que menos deseaba era despertar cuestionamientos en Alcocer, ahora que se había ganado su confianza.

—Von Graft… —lo detuvo Federmann.

—¿Sí?

—Mi hijo Gustav… ¿está bien? Lo están cuidando, ¿verdad? Esto sólo lo hago por él.

—Usted y su hijo son héroes de Alemania, no lo olvide, Federmann.

Le hubiera gustado decirle la verdad: su hijo Gustav había muerto en el frente ruso. Ni siquiera había un cuerpo que llorar, pues un tanque bolchevique a las orillas de Moscú lo había hecho pedazos. La SS incluso se había molestado en enviar dos cartas falsas al dueño de la finca para que éste siguiera colaborando con el sistema de espionaje. Von Graft odiaba mentir sobre otros, aunque toda su vida fuera una invención; mas en algo tan delicado como el amor de un hijo... Se acomodó el sombrero y le ofreció una inclinación de cabeza a Federmann, siguiendo su juego de espías. El cafetalero le devolvió una sonrisa, convencido de que algún día volvería a encontrarse con su retoño.

XIX

La nieve había dejado de caer, mas el gran manto pálido cubría todo dándole un retrato hermoso, alpino. Von Graft se volvió hacia atrás, contemplando entre los árboles los grandes paredones de la fortaleza con cúmulos blancos. Calculó que habrían caminado unos cuatro kilómetros, tal vez más. El capitán mexicano también detuvo su marcha, volteando hacia el que fue su prisionero. Aferró el rifle, listo para vaciarlo ante la menor provocación del enemigo.

—¿Algún problema? —inquirió Alcocer. Von Graft seguía mirando los muros del fuerte de San Carlos.

—Nada —continuó marchando. El capitán lo siguió. Su paseo fue en silencio, acompañados por el silbido del viento. Von Graft y Alcocer caminaron con sigilo, dejando atrás el perfil oscuro del fuerte militar. Aunque el cielo estaba cerrado en cúmulos de nubes, el día era brillante, convirtiendo la nieve en un gran reflector de luz. Por ello, el capitán llevaba sus espejuelos oscuros redondos. Von Graft sólo entrecerraba los ojos para que el brillo no lo deslumbrara, con su sombrero calado hasta las orejas.

—¿Cuantos soldados regresaron la otra noche? —cuestionó Von Graft

—Pocos… Creo que mejor debe hacer la pregunta correcta —respondió Alcocer deteniéndose de nuevo. Los dos hombres quedaron en un pequeño claro rodeado de grandes pinos.

—¿Cuántos hombres quedan a su mando?

—Apenas diez soldados. Ninguno de los que salieron a buscar al hijo de Salinas retornaron. Además, desaparecieron unos cincuenta prisioneros. Al parecer, cada noche desaparecen más —explicó.

Von Graft descompuso su rostro en gesto de desagrado. No eran nada buenas las noticias. No comprendían a qué se enfrentaban, pero que tuvieran cada vez menos manos para defenderse no era halagüeño. Señaló hacia atrás, a la fortaleza pero sin verla:

—Es imposible acceder al fuerte desde fuera. Se necesitaría todo un equipo de estrategas. No los están matando, están saliendo. Están huyendo… —expuso su teoría.

El capitán dio una exhalación, no era del todo alocado su comentario.

—Es algo que no he dejado de pensar, Von Graft. Pienso que necesitan pasillos o túneles que los ayuden a escapar. No puedo creer que ese sacerdote gris lo hiciera…

—Monje Gris —corrigió casi de manera automática.

—Si es así, sabe a la perfección que estamos rodeados y sin oportunidad de escape.

Von Graft se agachó al piso, palpando la nieve. Había una mancha que le había llamado la atención. La acarició y se llevó la mano a la nariz para olerla, para luego apretar los dedos sintiendo la textura. Así permaneció mirándola un tiempo, reflexivo.

—¿Y adónde se van esos hombres? ¿A caminar por estas montañas? Eso sería suicidio, con este pinche frío —especuló en voz alta Alcocer. Apretó los dientes, frustrado de no poder entender nada—. No puedo creer que los soldados huyeran. Es imposible…

—¿Los soldados? —murmuró Von Graft y alzó la vista. Su expresión se fue trastornando poco a poco, hasta adoptar un claro ademán de terror.

—Sí, los soldados —repitió Alcocer.

—Creo que los encontré... —susurró, y señaló hacia las ramas de los árboles.

El capitán levantó su rostro, comprendiendo que la recién descubierta mancha en la nieve era sangre.

Entre las amplias y nevadas ramas de los pinos se levantaba un espectáculo tétrico. Todos los soldados estaban ahí. Algunos colgados de sus propias tripas, que sobresalían de sus vientres abiertos hasta dar vueltas por el cuello y aferrarse a los árboles. Otros, yacían seccionados: torsos, brazos, piernas. Si a los cuerpos les faltaba una parte, parecía que les habían puesto ramas de pino para completarlos, logrando una especie de muñecos mitad carne, mitad madera. Gran parte de los cuerpos parecía haber sido incrustada en las brozas a manera de estacas. La sangre había dejado de manar de esas piezas, congelada en cristales carmesí que formaban estalactitas. Más de cincuenta cadáveres se movían con el viento, recibiendo el glacial frío. Todos con una capa de hielo, pero ninguno con rostro: no habían dejado cabeza alguna. Sólo un silencio que se expandía por ese campo fúnebre, y algunos cuervos que volaban sobre él dándose un banquete.

—Mierda... —consiguió balbucear Alcocer.

—Sí... —reconoció Von Graft. Los dos hombres se quedaron varios minutos contemplando el paisaje mortuorio. Tratando de entender por qué habían sido colocados en las alturas los cadáveres y, lo más importante, quiénes y cómo lo habían hecho.

—¡Es una puta locura! —bramó Alcocer aferrando su rifle y disparando a las aves. Su bala dio en un cadáver, haciendo que las arpías huyeran en medio de un escándalo.

—Bien, ya avisó que estamos aquí... ¿No quiere darles otro recado? —preguntó Von Graft haciendo que el capitán bajara su rifle Mondragón. Notó que el militar mexicano tenía descompuesta la cara, ya no quedaba nada de su porte pedante. Los ojos, detrás de sus espejuelos, dejaban salir lágrimas de desesperación.

—¡¿Qué no lo ve?! ¡Nos van a matar! —gimoteó el capitán.

—Si sigue gritando, seguramente así será… —insistió el alemán en voz baja.

Alcocer cerró los ojos, se llevó las palmas al rostro y se puso a gemir. Había sido demasiado para él. Estaba acostumbrado al frente de batalla, pero no a sucesos que superaban la realidad.

—Debemos salir de esta montaña. Ir a algún pueblo cercano. Alchichica… Xalapa… —comenzó a delirar.

—Sin transportes, con este clima, sería suicidio. Sólo nos queda esperar… —reflexionó Von Graft sacando un cigarro de su chamarra. Mientras le daba una fumada, notó que el griterío de las aves había desaparecido, pero quedaba un murmullo. Algo que no era propio de ese paraje, un sonido inquietante—. ¿Escucha?

Alcocer se levantó, tratando de recuperar la tranquilidad. Torció la cabeza, aguzando sus sentidos para encontrar el sonido. Al principio no escuchó nada, pero luego lo reconoció. Repentinamente, su mano apretó el hombro de Von Graft:

—¡Corra! ¡Al fuerte! —imploró, y lo jaló hacia sí con dificultad, intentando retornar al camino.

El rugido extraño comenzó a tomar forma, eran cánticos. Los mismos que había escuchado esa fatídica noche. Sabía que aquello únicamente podía significar algo: estaban rodeados por los fanáticos de ese ritual.

Por un tiempo sólo se escuchó su respirar profundo, seguido de exhalaciones de vapor entre el gélido viento. Pero al poco rato llegaron los bramidos: de entre los árboles del bosque surgieron diversos hombres. Algunos campesinos del pueblo; otros, prisioneros que habían logrado escapar. Al voltear Von Graft a verlos, advirtió que muchos llevaban collares o plumas, como si intentaran reproducir de manera tosca los adornos aztecas que había visto en libros.

El primer disparo estalló a unos centímetros de su cabeza, salpicándole astillas del tronco donde el proyectil alcanzó un blanco. El segundo disparo se dirigió a Alcocer, dio a sus pies, y éste logró librarlo por un pelo. Entonces, Von Graft de un salto alcanzó a cubrirse con una gran rama caída y sacó de atrás de su pantalón la pistola que le habían entregado: apenas logró entrever una figura en movimiento, disparó. Uno de los prisioneros fugados, quien había descargado su rifle contra ellos, cayó a la nieve. A su vez, Alcocer ya tenía a otro en la mira de su Mondragón, el hombre llevaba un cuchillo en la mano. El tiro impactó directo en su ojo, haciendo volar coágulos de sangre y pedazos de sesos. El resto de fanáticos llevaba machetes, hachas y demás armas punzocortantes. Corrían hacia ellos de manera salvaje, sin control, como si se les hubiera nublado el raciocinio.

Von Graft y Alcocer se levantaron para continuar la huida. Daban grandes zancadas, intentando librar las partes profundas de nieve que los retenía. La carrera era alocada, desesperada. Deseaban alcanzar el acceso al fuerte por el extenso puente escoltado por las figuras de piedra de las huestes españolas. Salieron del bosque para entrar al claro con la palizada y el foso que rodeaba la fortaleza. Ingresaron al puente de acceso cubierto de un manto de nieve, mirando directo hacia la gruesa puerta de madera.

—¡Habrán el portón! —ordenó Alcocer al ver que se asomaba un soldado desde una de las murallas.

Cuando los dos hombres, agotados y tratando de recuperar la respiración se detuvieron ante la entrada, al voltear se encontraron con la demencia detrás de ellos: no sólo los perseguía un grupo de hombres; atrás de ellos, imponente, con grandes pisadas, avanzaba un gigante de largos brazos. El cuerpo era de carne viva, músculos que se comprimían ante cada zancada. Su rostro estaba desproporcionado, un cráneo con apenas jirones de ligamentos. Dos grandes ojos inexpresivos salían de las cuencas y el resto era todo dientes, afilados colmillos que castañeaban en un mohín de macabra sonrisa.

—*Verdammt! Hurensohn!* —se le escapó a Von Graft al ver tal delirio.

La puerta se abrió. Salieron dos soldados y uno de los antiguos marinos alemanes, todos armados. De inmediato dispararon al grupo que se acercaba. Dos de los que estaban ya casi alcanzando el puente, cayeron abatidos. Alcocer se coló al interior seguido por Von Graft, dando un grito:

—¡Adentro! ¡Adentro!...

Pero su indicación llegó muy tarde. La larga garra del gigante atrapó a uno de los soldados que trataban de detenerlo a disparos. La mano se cerró sobre el hombre, haciéndole explotar los intestinos con un grito de dolor. Al mismo tiempo, el marino alemán descargaba su pistola contra los alocados individuos. No logró derribar a todos, un grupo se lanzó contra él a golpes de machete. Pronto fue sólo un cúmulo de carne y sangre sobre la nieve, ante los continuos lances de cuchillos y hachas. El único soldado sobreviviente logró pasar la puerta del fuerte antes de que Alcocer la cerrara de golpe.

El gigantesco ser descarnado permaneció mirando el acceso, olisqueando el aire. Sus brazos caían lánguidos a sus costados, de modo extraño, como si funcionaran de manera distinta a la natural. Estuvo así, inmóvil, un minuto, sin hacer ruido alguno; entonces se volvió para regresar al bosque seguido de los hombres que lucían insignificantes, ridículos, a su lado. Dejaron a sus muertos atrás. Los cuerpos teñían de sangre la nieve.

XX

El verdadero terror que nos agobia es descubrir lo insignificantes que somos ante los grandes dioses que caminaron por la tierra. Esa verdad nos puede volver dementes o, en mi caso, seres iluminados, se dijo a sí mismo el Monje Gris. Lo hizo para sentirse elegido, no como los otros falsos sacerdotes. En especial esa pequeña mujer de lentes. No, no lo hagas. Eso destruirá a nuestro redentor, le reprimía maldiciendo a pesar de que él fue quien detonó todo al recibir el mensaje, quien los llevó a la luz. El Monje Gris no quería explicarle más sobre que ese ser ciego, todo él carne, que recorría los bosques nevados en búsqueda de sacrificios. Que ella siguiera sus creencias erróneas. Pero él lo sabía: era un náufrago que se quedó en nuestro plano existencial, dejado a su suerte en este mundo por las divinidades inmortales, que había despertado de su hibernación milenaria. Ella, la mujer estudiosa, lo percibía como un portento, un todo poderoso. Al Monje Gris no le importaba si le llamaban Xipe Tótec o Huitzilopochtli. Sus verdaderos nombres estaban escritos en otras obras, donde a los verdaderos dioses se les comparaba como montañas andantes, indestructibles deidades que anhelaban retornar para coronarse. Shub-Niggurath o Nyarlathotep, más acordes a los que les dieron los viejos prehispánicos. No sólo eran gigantes en tamaño, sino en poder. No, nada de eso entendía esa mujer de anteojos. Era una cegada, una velada de sus arcaicas leyendas que creía en el esplendor de una civilización antigua. Pero a ellos, los grandiosos, no les interesaba el retorno de esas culturas.

Una gruesa pared interior de la fortaleza de San Carlos se movió cual gelatina, perdiendo su firmeza. Era sólo moléculas que se deshacían, dejando que una especie de charco nocivo, oscuro, brillante con puntos verdes, principiara a plasmarse en esa planicie del muro. Y de pronto, un brillo cegador, para que el Monje Gris cruzara el umbral. La puerta extranatural se fue cerrando, echando chispas de las baterías que ayudaban a abrirlas en la zona prehispánica. El Monje Gris había cruzado, como si se tratara de una simple portezuela. Quizás era un poco inconveniente el quedar cubierto por un moco adherido a la piel, pero la magia del conocimiento de los antiguos le permitía hacer esas maravillas: saltar de un espacio al otro a través de invocaciones y energía. Formaba parte de las salpicaduras de la magia intrínseca que retenía el gigante dios. Para eso eran los sacrificios, para que los dos planos se conectaran, para que el humano y el de las deidades cosmológicas se tocaran. El Monje Gris le llamaba "el Toque", como la representación de ese Adán desnudo acariciando el dedo del dios en la pintura de Miguel Ángel en la Capilla Sixtina. Mas este dios era amorfo, con demasiados tentáculos y carnes vivas para ser llamado viejo humano. El Monje Gris era de los pocos que quedaban sin el cerebro frito al usar los portales que le habían servido para introducirse o salir de la fortaleza. Y lo ocupaba a placer, logrando cumplir los planes de cercar a los sobrevivientes. Pero su fin no era la muerte de éstos, como la regordeta mujer deseaba: una especie de *vendetta* contra los españoles que destruyeron culturas maravillosas, las que poseían la verdad y el poder. Para el Monje Gris la finalidad era lograr que las deidades mayores, las que esperaban detrás de ese plano, regresaran.

Caminó por los pasillos de la fortaleza, sabiendo que aún había enemigos en ellos. Sentía un placer, casi sexual, al escabullirse, escuchar y atacarlos sin que tuvieran idea de su inmenso poder. Pensó en los acólitos que recogió, que se le unieron con tan sólo la promesa de la libertad. Luego, recordó cómo destruyó los bienes tecnológicos de los enemigos. Dejándolos en silencio para enfrentar el juicio de los dioses. Sí, el Monje Gris era la mano derecha de ellos, era su pieza de ajedrez para cambiar el paisaje, el Elegido.

Poco a poco abrió la puerta de la habitación. Estaba en silencio, sólo iluminada por la luz de la luna a través de la ventana. Ahí, en medio de este espacio que fue la habitación del director, colgando del candelabro central en el techo, se mecía la señora Salinas. Se había colgado con una sábana hecha soga. Llevaba tiempo columpiándose, pues su cara azul con gesto de terror, sus ojos salidos y su lengua de fuera eran presa ya de la descomposición. Sólo un pie tenía zapato. El otro calzado yacía tirado en el piso. El Monje Gris, al verla, empezó a soltar risitas. Trató de apagarlas llevando un puño a su boca, pero no pudo más y las carcajadas surgieron a raudales. Totalmente extasiado por la imagen de la muerte, de un sacrificio más, empezó a danzar. Dio pequeños saltos alrededor de la ahorcada. Sus brincos se convirtieron en baile, muchas veces haciéndola girar cual piñata. El Monje Gris danzó cual fauno desequilibrado, como un hombre que perdió la realidad, exaltado por su triunfo. En un momento de arrebato, saltó para dar un beso al cadáver. Incluso, arrancarle un pedazo de la lengua con sus dientes. El trozo de carne, azul por la putrefacción, fue escupido al suelo, haciendo que el monje se depravara más. Las carcajadas se volvían más maniáticas, pues el Monje Gris comprendía lo que esa muerte significaba: ella había visto el milagro, la vida después de la muerte. La ventana estaba abierta, y en ésta había rastros de sangre, pedazos de carne viva: seguramente visitada por el mensajero. La madre se había encontrado con el hijo redivivo. Toñito caminaba por la fortaleza, con su nueva cara, sin la piel otorgada para el sacrificio.

La puerta se abrió, uno de los prisioneros que portaba armas, quienes habían tomado el lugar de los soldados, al escuchar las carcajadas llegó a la habitación. Ante el espectáculo de la muerta colgada y el Monje Gris que le había arrancado la lengua, se detuvo asqueado. Luego, el vigilante alzó la pistola para descargar su asco contra ese demente.

—¿Monje? ¡Madre de dios! ¡¿Qué le hiciste...?!

La bala salió, pero lejos de perforar al Monje, éste saltó hacia el atolondrado marino que no esperaba atestiguar lo que veía. No necesitó cuchillos o herramientas. Ya no, sabiendo que sus armas eran sus manos. Sus dedos cayeron de inmediato a los ojos del guardia y con fuerza le arrancó los glóbulos oculares, dejando un chisguete de sangre en el piso. Los gritos de agonía siguieron con varios disparos al aire. El arma fue arrancada de golpe, rodando hasta los pies de la colgada. Luego, el Monje Gris abrió la boca, imitando al ser despellejado que adoraba, y con mordidas en la cara convirtió a ese pobre humano en retacería de músculos sangrantes. Continuó el daño aun a pesar de que éste imploraba ayuda. En efecto, las manos del Monje Gris tenían fuerza sobrenatural. A tal grado, que se enterraron en las costillas para poder arrancar el corazón de aquel hombre, como lo hacían los antiguos sacerdotes en los sacrificios prehispánicos. Y el corazón, palpitante, terminó en la palma ensangrentada del Monje Gris, que con sumo placer llevó a la boca para darle una mordida.

XXI

No eran sólo las risas que provenían del Monje Gris lo que Victoria escuchó. Entre los murmullos había ruidos que no había percibido antes, como si algo se destapara de pronto, el sonido que se produce al romper el vacío. La muchacha levantó las sábanas, incorporándose de un solo movimiento. La chimenea le otorgaba calor al hacer arder los troncos que le habían llevado los prisioneros. La resolución era que los sobrevivientes durmieran todos en el área de los cuartos, para así asegurar su control y vigilancia. Victoria dejó a su hermana durmiendo en la cama de al lado. La ventana salpicaba el brillo de la noche, la luna reflejándose en la nieve. Se colocó su bata, cerrándola hasta el cuello. Salió con una lámpara de gas en la mano. El pasillo estaba a oscuras, mas al final un resplandor verde parpadeaba, como si el agua de una piscina alumbrara la zona. Victoria podría informar a sus padres sobre lo que veía, pero temía ser tratada como una niña. Ella misma había intercedido en la liberación de Von Graft, implorando cuando estaba vivo al alcaide. Se sentía que poseía edad suficiente para tomar sus propias decisiones. Y ésa era una de ellas: caminó ocultando su terror, para encontrarse con lo que fuera. Victoria descubriría algo, para ser esta vez procurada como una mujer adulta.

Anduvo con cautela, hasta llegar a la esquina que daba vuelta al pasillo. Apenas logró ver cómo el portal de la pared desaparecía para dejar sólo una pared frisada llena de moho. Fue algo extraño y rápido lo que atestiguó, un desdoblamiento de la realidad, algo imposible. Luego, de nuevo escuchó la risa seguida de gritos de ayuda, golpes. Cosas que sugerían peligro.

Una puerta se abrió. Victoria se vio frente al prisionero que llamó su atención a su llegada. El Monje Gris tenía la barbilla y la boca ensangrentadas, con tendones de un corazón humano en su ropa, como un goloso descuidado que había disfrutado con libertad su delirio por la comida. El gesto al verla fue de gran placer. El Monje Gris sabía que era ella, que su patrón, el que tantos favores le daba, se la ponía ahora como ofrenda. La hermosa virgen que le prometió, la mujer que deseaba.

—Hola… —dijo atormentado, abriendo sus fauces con carmesí en los dientes.

—¿Quién eres? —preguntó Victoria.

—Soy el prometido, quien te llevará al destino —definió el Monje Gris y dio un paso adelante.

Victoria se quedó en su lugar, paralizada ante el encuentro.

—Te vi cuando llegué… Te desmayaste —masculló aterrada, sin pensar en nada.

El Monje Gris abrió los ojos, admirado de ser reconocido, de que los lazos invisibles entre ellos fueran reales.

—El día de mi comunión, cuando me llamó… ¿Él te llama? Creo que te quiere a ti, por eso mandó a su mensajero. Pero no dejaré que te mate… No, no, tú eres mi promesa —explicó en tonalidades que bajaban y subían, aferrándose a su locura.

—¿A mí? ¿Quién?

—El que camina en carnes… Pero eres mía, ¿lo sabes? —sonrió de nuevo, todo sonrisa escarlata. Estaba a un paso de poder aferrarla, de llevársela consigo. Y de pronto, el grito, deshaciendo todo. Victoria lo escuchó, volteó asustada hacia la puerta de su habitación: era María. El Monje Gris maldijo en algún idioma incomprensible y huyó ante la posibilidad de ser aprehendido. Se perdió por el pasillo, dejando a Victoria con el horror en el pensamiento. Quizá su hermana habría muerto también.

María decidió que el invierno no le gustaba. Era huraño, la hacía encerrarse en sí misma más de lo que ella ya lo estaba, permanecer en su habitación, un pedazo de esa vetusta construcción lejos de casa. No podía decir que odiaba toda la situación, como su hermana Victoria, pues el concepto de *odio* era un poco complicado de entender para la joven chica. Le gustaban o no le gustaban las cosas. Era simple: de un lado o de otro. Negro o blanco. Odiar requería herramientas emocionales más complejas.

Se acurrucó en su cama, apenas alumbrada por el fuego de la chimenea. De reojo, buscó a su hermana para descubrir la cama vacía. Inquieta, se metió en la suya cubriéndose con las cobijas hasta las narices. Afuera, en la ventana, los gordos copos de nieve caían cual paracaídas congelados. La luz surgió sin aviso previo. María cerró los ojos, intentando olvidar cualquier cosa que pareciera externa a ese mundo. Mas adentro, en su cabeza, los cánticos resonaron cual lejano rumor que se acercaba a manera de procesión. Sabía que no venían del exterior, sino de un lugar más lejano, donde ella se comunicaba y veía los futuros inquietos que se le mostraban.

—*Yoalli tlavana, yztleican timonene quia xiyaqui mitlatia teucuitlaque mitl xicmoquentiquetlovia...* —eso escuchaba.

María sintió el escalofrío, el mismo que la hizo levantarse de su cama para poder enfrentar al mensajero que le mandaban. Comprendía que era para ella, para callarla, pues era un peligro para el ser que caminaba por la nieve. Se levantó y miró la mesa donde mantenía el rompecabezas a medio terminar. Había un plato con restos de comida, y un vaso con bebida que Victoria había dejado. Los alimentos se movieron, ella no supo al principio por qué: era la podredumbre, se estaban consumiendo a gran velocidad, incluso aparecieron gusanos en éstos. El líquido del vaso burbujeó, cambiando a un color tornasolado. Era algo en el ambiente, un aliento malsano que inundó el cuarto para mostrar al que había llegado: Toñito. O lo que quedaba de él. Un cuerpo desollado, sin ningún rastro de piel. La carne, sangrante, escurría su rastro carmesí en el piso. La cara llevaba una mueca abierta desdentada, y los ojos estaban disparejos: uno caía de su orificio colgado por nervios y venas, el otro permanecía en su cuenca, mirando el vacío. No había cabello, que se había ido como la piel sacrificada para el dios.

—¿Toño? —preguntó María aterrada de la visión que se consolidó detrás del fulgor verde. Desde luego no hubo respuesta. Era un muñeco, que se movía como tal, cual marioneta. Las manos, con músculos desgarrados, se alzaron, intentando asir a su enemiga, la que podía leer el futuro. Ese niño sólo era ya un arma, nada de humano en él quedaba.

María se pegó a la pared, sin saber qué hacer ante los pasos dificultosos que daba el cuerpo manipulado. Las manos buscaron en el aire a su víctima, para poder cumplir su único cometido antes de descansar el sueño eterno. La niña intentó gritar, pero sólo emergieron ruidos de su boca, quizás alguno pareció un grito. Una curiosidad la tenía hipnotizada mirando los restos de lo que fue su amigo.

—Tú no eres Toño. Eres ese… —susurró tomando valor. No sabía cómo enfrentarlo, había usado anteriormente columnas de fuego en el plano externo donde su mente viajaba. Pero ahora estaba en la realidad, en su cuarto, y los dedos sangrantes casi aferraban su garganta.

—¡María! —gritó Victoria al abrir la puerta, aterrada ante la visión. Ese grito llamó la atención de la puerta contigua. Greta, su madre, apareció en bata. Llevada por el instinto maternal de proteger a sus hijas, de manera brusca aventó a Victoria a un lado, pasmada en el umbral. La señora Federmann corrió al centro del cuarto, tomó la silla de madera de la mesa, la alzó con gran fuerza y la desplomó en el cuerpo sangrante del niño manipulado. La madre derribó la carne, desbaratando músculos y huesos. No se conformó con el primer golpe, sino que alzó y dejó caer la silla una y otra vez hasta que ésta se rompió. Y el cadáver quedó disminuido a rastros sangrantes. Si algo había movido a los restos, ya no estaba ahí: ante los gritos de Greta salvando a su hija, quedó la nada, sólo un gran charco de sangre.

María corrió hacia su madre, que la abrazó. En el umbral aparecieron testigos del evento: Richard Federmann y varios soldados.

PARTE III

Cacería

I

La frustración se propagaba entre los reunidos en el comedor. El grupo permanecía junto, temeroso de otro ataque como el librado en el cuarto de la pequeña María. Había más víctimas, la señora Salinas y un preso. Los dos no tenían ya corazón, se los habían arrancado. Eso era suficiente para que se mantuviera una sensación de pesadez, de fracaso, rondando por los pasillos de la fortaleza. La tarde grisácea, velando cualquier rayo de sol por una nueva nevada, pintaba esa sensación de catástrofe. El comedor estaba iluminado por velas, mientras, en grupos, los sobrevivientes comían o bebían algo para aligerar el ambiente. En el viejo piano de cola, el que tenían para placer de los prisioneros, Greta Federmann tocaba distraída. El encanto y glamour que siempre la acompañaban se habían perdido. Su cabello parecía no encontrar su sitio y su vestido azul permanecía tras el abrigo de pieles. Nadie le recriminaría nada después de lo que enfrentó para salvar a María. Victoria estaba sentada a su lado, escuchando con la cara baja, mientras su esposo divisaba por la ventana a su otra hija que jugaba en el exterior, bebiendo un té humeante. La voz grave y melodiosa de la mujer empezó a acompañar las tonadas del piano. Era una canción típica alemana, una pieza que muchos de los ahí presentes recordaban con nostalgia y cariño. Von Graft, al oírla, sonrió triste, melancólico.

Du, du, liegst mir am Herzen,
du, du, liegst mir im Sinn.
Du, du, machst mir viel Schmerzen,
weißt nicht, wie gut ich dir bin.
Du, du, du, du weißt nicht, wie gut ich dir bin.

El capitán César Alcocer levantó la cara, saliendo de sus pensamientos la voz cautivadora de la rubia. Se levantó y con pequeños pasos se colocó al lado del esposo. Ambos escucharon con congoja la pieza. Von Graft se les acercó. Llevaba una botella en la mano con un líquido oscuro, estaba tapada con corcho. La enseñó y ellos aceptaron en silencio. Era fácil encontrar alcohol en la prisión, muchos de los prisioneros sabían fermentar frutos y conseguir bebidas embriagantes. Salinas había tratado de prohibir las frutas, pero tan férreo control era imposible. El contenido de la botella era dulzón, con ese dejo a alcohol pasado que tienen las bebidas caseras. Era confortante. Von Graft sirvió en dos vasos, y rellenó con el alcohol la taza de Federmann.

So, so wie ich dich liebe,
so, so liebe auch mich!
Die, die zärtlichsten Triebe
fühl' ich allein nur für dich!
Ja, ja, ja, fühl' ich allein nur für dich!

Los hombres observaban extasiados la interpretación de Greta. Un trío de marineros prisioneros se aproximaron a ella para hacerle coro. Al verlos, se alegró Greta, quien continuó tocando y recordando esos cánticos de su tierra natal.

—Su esposa posee una voz encantadora. Supongo que era un verdadero éxito cuando cantaba en Europa —murmuró Alcocer a Richard Federmann. Éste se limitó a agradecer el comentario con un movimiento vano, y continuó bebiendo del fermentado de frutas.

Von Graft fue quien respondió:

—Nunca había escuchado esa canción de esta manera, no como una melodía de amor, sino el canto de una madre a su hija.

—¿Qué dice? —preguntó Alcocer dudoso.

—Tú, estás cerca de mi corazón… Tú, estás en mi mente… Tú, me provocas mucho dolor… —Von Graft alzó los hombros y terminó su bebida—. Míreme, capi, estoy a punto de llorar.

Los tres hombres continuaron en silencio, disfrutando la tonada que acariciaba sus oídos. Alcocer siguió interrogando al padre de la familia:

—¿Cómo conoció a su esposa, *herr* Federmann? Ella sin duda es especial. No puedo más que sentir envidia de que haya desposado a tan bella mujer.

Von Graft alzó su ceja hasta casi escupirla de la cara. Ya sospechaba que Alcocer tenía puestos los ojos en Greta. Mas Richard torció la cabeza y narró, sin quitarle la mirada aguda al oficial:

—En Berlín, allí mis padres me enviaron a estudiar. Deseaban que no perdiera las tradiciones de mi país. Yo hice igual con mi hijo. México ayuda a olvidarte de tus raíces, se te mete por los poros. Fue a finales de los años veinte, un tiempo loco para estar allá. Como pueden ver, yo no soy un catrín como el barón, sólo un simple empresario que ama el cultivo de café… Ella era todo lo contrario a mí, cantaba en el bar de un hotel.

—Supongo que cayó enamorado de su belleza.

—Todos lo hicimos. Éramos varios estudiantes en un ambiente de desenfreno, entre ellos estaba yo, un penoso cuatro ojos. Demasiado introvertido para hablarle a una chica como Greta; fue ella quien me sedujo. Me escogió entre el resto. Platicamos por horas, estaba fascinada por la idea de la finca en México, lo veía como algo exótico. Nos casamos una semana después. Antes de un año, nació nuestro hijo.

—Tuvo mucha suerte, señor —admitió el capitán.

—Vaya, una gran historia… Salud —Von Graft alzó su vaso, para que los otros lo golpearan en el aire con los suyos.

—No dejaré que le pase nada a sus hijas… Lo sabe, ¿verdad? —aseguró Alcocer limpiándose la boca después de terminar la bebida afrutada pero fuerte.

Federmann lo vio con esa mirada directa que tenía, que desnudaba, como si intentara culparlo de la aventura secreta que el capitán había tenido con su esposa. Fue incómodo, pero después de unos segundos, el hombre se alejó, diciendo:

—Así lo espero, capitán. Ayudaría si me explica qué fue lo que apareció en el cuarto de mi *tochter*, o qué era esa cosa que los persiguió en el exterior.

Von Graft levantó una ceja y torció la boca. El hacendado cascarrabias había señalado la cuestión. Pero él no iba a ponerse a delirar sobre a qué se enfrentaban en ese momento. Así que mejor miró también de manera acusadora al capitán.

—Hay algo allá afuera, creo que todos lo sabemos. Esa mujer de las pirámides hablaba de gigantes. Soy un hombre de fe, vengo de una familia que cree en el único Dios creador, por eso no puedo llamar a esa cosa "dios". Sería un sacrilegio. Sabemos que es algo anormal, pero camina, tiene dientes y ojos. Todo lo que conozco con esas características se puede matar.

—Yo no podría explicarlo mejor. Debería dar clases, mi capitán… —bromeó Von Graft.

—¿Se divierte, Karl? ¿Cree que es una guasa? —bramó Richard Federmann intentando contener el secreto que sabía del alemán. Éste se limitó a alzar las manos de manera inocente, y se hizo a un lado para dejarlo pasar. Podrían estar del mismo lado, pero era más que obvio que no simpatizaban.

El alemán de Chiapas se sentó al lado de su mujer, marcando su territorio. Von Graft se colocó junto a Alcocer, y con su acostumbrado tono sarcástico, murmuró:

—Compadre, eso estuvo un poco embarazoso. Si vas a andar acostándote con la señora, trata de no burlarte del viejo.

—¡No tengo nada con Greta! No seas idiota… —gruñó el militar, enfadado de haber sido señalado.

—¿Greta? ¿Ya la tuteas?… —le dio un cariñoso golpe en la

espalda. El capitán no lo vio con buenos ojos. Aun así, sabiendo el malestar en su antiguo opresor, Von Graft continuó—: Mira, yo llevo más de cinco años en México, y no te miento, me he involucrado con un par de casadas. Incluso con la esposa de un diputado. Primera regla: no hay que ser tan descarado. A nadie le gusta que le crezcan las osamentas.

—Como le dije, no tengo nada con ella...

A Karl von Graft no le iban a enseñar como mentir, él era el rey de los mentirosos. Por eso mismo, se limitó a guiñar un ojo, llevarse un cigarro a su boca y levantarse de la mesa.

—Claro, y yo soy el ratón Miguelito... Ya sé que no es mi problema, pero no la riegue. Mejor veamos cómo nos chingamos a esa cosa de allá afuera, ya después la invita a un restaurante bonito de la ciudad —las manos de Von Graft desaparecieron en los bolsillos de su chamarra de cuero, para acto seguido despedirse con el cigarro colgando de los labios—: Voy a fumar. Ya se me ocurrirá algo... Mi vicio es menos peligroso que el suyo.

El espía alemán caminó apacible hacia la salida, mas fue interceptado por Victoria, quien al verlo corrió para hablarle. La chica volteó hacia sus padres, que seguían en la zona del piano, esperando que no la vieran con aquel hombre.

—Señor Von Graft...

—Victoria...

La muchacha se veía nerviosa, con dos grandes sombras negras en cada uno de sus ojos. Desde luego, todos estaban asustados y preocupados por las cosas que sucedían, pero más, por la falta de respuestas que las explicaran.

—He escuchado cosas de los marinos... Los italianos... Dicen que hay un pasadizo secreto desde donde entran los hombres de allá afuera. Mataron a la señora Salinas...

Karl von Graft hubiera preferido que el capitán Alcocer le explicara lo que habían encontrado en ese cuarto. Estaba seguro de que él, con su porte marcial, hubiera usado las palabras correctas para no asustar a la chica. Volteó para ver si su mirada lograba atraer la atención del militar, mas éste estaba sentado charlando con la madre de Victoria. Apretó los labios y arqueó una ceja:

—Ella se suicidó, vi su cadáver. Te recomiendo que tengas calma, vamos a salir de este maldito refrigerador.

—Tengo miedo, Karl... —Victoria le tomó las manos, apretándolas en su pecho.

Von Graft se sintió incómodo, comprendiendo la visita a la celda. Dio un paso hacia atrás, sonriendo ruborizado. Podía ser un fantoche en muchos sentidos, pero se movía con ciertas reglas en la vida: Victoria era una de ellas. Poco en él había de caballero de blanca armadura, aunque sabía que podía ser encantador.

—Necesito fumar... —fue lo único inteligente que se le vino a la mente. Se soltó de la muchacha y con una prisa particular, salió del comedor.

II

Karl von Graft fue al patio central a prender un cigarro. Se ubicó entre las columnas, al pie de la escalera que accedía a los aposentos superiores. En el exterior, esa leve nevada de pequeños copos continuaba. Estrellas en perfecto diseño, únicas cada una, descendían con pesadez cual hojas de árboles ante el otoño. Las minúsculas partículas flotaban hasta terminar posándose en los montículos de nieve albina que cubrían la gran explanada central. En medio, una estampa roja: María Federmann, vestida con un overol escarlata y un grueso suéter blanco, elaboraba un muñeco de nieve. Sus manos enguantadas aporreaban la nieve para compactarla, creando una figura de tres esferas, concluyendo con una cabeza donde los ojos eran dos piñas de árbol y la nariz un viejo nabo extraído de la cocina. Karl dio dos chupadas a su tabaco, cerró por completo su chamarra y, acomodándose el sombrero, caminó hasta ella.

—Hola… —anunció levantando la barbilla al tiempo que se llevaba el cigarro a la boca. El humo, más abundante por el frío, brotó de su boca.

La niña alzó el rostro. Sin expresión, contestó:

—Hola…

Von Graft miró al cielo iluminado por el sol, una pequeña brisa le golpeó las mejillas, tornándolas rosadas.

—No hemos hablado después de tu escena en el comedor de la carretera. Aún me debes una disculpa. Ese grito despavorido me regaló unos buenos golpes... —bromeó el alemán. Sonrió a la niña, pero ella se sintió acusada. Comprendía que su aullido había causado que estuviera encarcelado y que lo golpearan.

—Lo siento, señor Von Graft. No debí gritar así —Karl sacó la mano de su chamarra, y con el cigarrillo colgando en los labios, se puso a ayudar en la realización de la figura de nieve—. Pero usted tiene muchas cosas que dan miedo en su cabeza.

—Llámame Karl... Tu hermana Victoria me platicó que experimentas visiones, imágenes —María volteó a verlo, admirada por tan directa declaración.

—¿Usted y Victoria son amigos?

—Ella me salvó de la cárcel. Me visitaba. No le digas a tus padres, no estaba permitido... Le prometí que no volvería a pasar algo como ese encuentro desagradable que tuviste —explicó Karl acomodando la nariz de la figura helada.

María se le quedó mirando.

—Está asustada, lo sé.

Von Graft siguió su labor, buscando algunas varas para que sirvieran de manos del muñeco. María había dejado de moldear, sólo miraba con pánico al alemán.

—Victoria también me comentó lo que viste: que yo mataba a Blancanieves.

—Yo... —la pequeña balbuceó con un gesto de completo horror al ser descubierta. Esa revelación era importante, y la había guardado para ella, sin decírselo a nadie, excepto a Victoria.

—No te voy hacer daño, María. Creo que tú lo sabes, pues de lo contrario lo hubieras visto... Mira, no tengo idea qué piense tu madre o tu padre, sobre lo que dices ver, pero yo te creo. Nadie me había descubierto tan rápido, y tú lo hiciste con sólo tocarme.

Von Graft dejó de trabajar en el volumen del hombre de nieve. Complacido, se hizo hacia atrás para observarlo. Lo señaló con un mohín a María: era gracioso. Habían logrado una gran escultura. María apenas le devolvió ese gesto de felicidad. Karl con una voz tranquilizadora expuso:

—En mi tierra, Bavaria, mi abuela hablaba de los *elfen*, creaturas blancas de cabello rojo que veían más del otro mundo que nosotros. No eran muy distintos a ti, ¿sabes? Bueno, ellos tuvieron hijos con humanos... No te voy explicar lo que es el sexo, pues...

—Sé qué es eso: copular —interrumpió de inmediato la niña, no queriendo verse indefensa. Karl movió la cabeza, complacido por lo escuchado.

—Eres muy inteligente, María... Bien, estos seres poseían dones benéficos, pues podían ver entre los mundos: sus ojos miraban entre el *Haljö*, el inframundo, y el *Medjanagardaz*, el mundo habitado. De generación en generación, decía mi *Groß-mutter*, aparecen niños con esos dones. Algunos dicen que son brujos, pero ella me explicaba que eran bendecidos... —narró Karl von Graft caminando a cubrirse de la nevada seguido de la pequeña, que escuchaba fascinada—. Tú, María, eres mágica. Una *frau hexe*...

—¿Como *Schneewittchen*? —preguntó emocionada la chiquilla. Von Graft se sorprendió con el nombre, el mismo que le dijo a Walt Disney.

—Sí, como Blancanieves... —susurró pensativo.

—Tú ibas a matar al hombre que la hizo en cine, al norteamericano.

Llegaron a las bóvedas, cubriéndose del gélido clima. Von Graft miró el panorama y giró hacia María Federmann:

—Sí, ésa era mi misión. Un hombre muy poderoso me exigió que lo hiciera. Supongo que era envidia lo que lo motivaba, quería ser dibujante. Nunca pensé llevarla a cabo... Te seré franco, soy un verdadero fraude —intentó decirlo con las palabras que entendería un niño. No podía exponer que había sido el miedo lo que lo motivaba; miedo a ser descubierto, a perder los privilegios que tenía. En Alemania se había dedicado a inventar historias sobre su persona y a dar regalos a gente del partido. Tenía la ventaja de que le caía bien a la gente, así que pronto subió entre los conocidos del Führer. Pero en el fondo era un mal actor, que se había creado una vida de aventuras por todo el mundo.

—Te vi con la pistola, pero no disparaste —continuó la chiquilla. Ahora Von Graft se sentía desnudo, empezaba a comprender que poco podía guardar en secreto ante ella.

—Hay muy poca magia en este mundo, debemos salvar a los que la tienen, como tú... Como Disney...

María afirmó con su cabeza, comprendiendo y aceptando la respuesta. Llena de curiosidad, disparó otra pregunta:

—¿Sigues con los oscuros? ¿Con ese hombre que vive en las montañas? Quiere destruir el mundo, si éste no es cómo él lo desea.

—No es muy distinto al que quería matar: uno cambia el mundo con sus películas, el otro lo trata de cambiar con destrucción —manifestó pensativo Karl. Sacó otro cigarro, sin prenderlo lo puso entre los labios, agitó el pelo de la niña con cariño—. María... María... Nunca una persona me había dado tanto miedo. Tu don no es ver el futuro, es atestiguar la verdad; cuídalo.

Karl von Graft y María permanecieron viendo como la nieve descendía. El silbido del viento anunció que la nevada continuaría.

—Ese ser, allá afuera... —señaló la niña, más allá de las gruesas paredes— posee magia también. Poderes que huelen a quemado. Me ha buscado en sueños, sabe que lo veo. Por eso quiso matarme.

—¿Sabes qué es? —cuestionó en voz baja Karl.

—No es de aquí. Viene de otro lado. Un mundo sombrío. Y desean traer aquí a más como él, para que la magia continúe y nos puedan... Ellos lo llaman *asimilar*.

Las palabras de la niña eran vagas, juegos que no decían nada. Sin embargo, Karl sintió como si un cuchillo se le incrustara en la columna al escucharlas. No sólo lo inquietaban, sino que esta chiquilla empezaba a confirmarle un par de teorías sobre las monstruosidades a las que se enfrentaban.

—¿Puede verte?

—No le gusto —alzó los hombros con su voz infantil. Von Graft entendió que ni ella comprendía la naturaleza del ser despellejado—. Caminamos en sueños.

—Pues no dejemos que entre a este cuarto... —sonrió el alemán, tocando con el puño la parte superior de la cabeza de María, como si tocara la puerta en la niña. Ella pintó un guiño de confianza, que Karl aceptó como la sonrisa más bella que una mujer le había dado en su vida. Aunque fuera de una infanta. Su corazón se inundó de un cariño infinito.

—He aprendido a crear muros.

—Buena idea, muy buena idea.

—¿Por qué no le dijo a *Vater* que mi hermano Gustav está muerto? —lanzó la chiquilla sin inmutarse, como si anunciar el deceso de su hermano fuera un apunte sobre el clima. Von Graft abrió sus ojos, luego su boca. La cerró al no lograr comprender la frase.

—¿Tu hermano? —balbuceó.

—Sé que eres el único que lo sabe. No sé los he dicho pues se sentirían mal. No quiero que *Mutter* llore, ni tampoco Victoria. Pero tú podrías decírselo: que él murió en la guerra.

Karl torció su cuello. Le estaban quitando el buen humor a base de trancazos. Tal como le había dicho: le daba miedo la pequeña, pues hablaba con la verdad. Y esa carta que había sacado de la nada estaba empezando a aterrarle.

—No creo ser el indicado para decirlo.

—También vi tu futuro... —musitó la chiquilla, ruborizándose.

—¿Quieres que te pregunte qué viste? —preguntó totalmente intrigado ante esa aserción.

—No, tú ya lo sabes. Es tu misión, ¿no?... Nuestra salvación —ante esa lapidaria respuesta, María salió corriendo para subir las escaleras y perderse entre los cuartos, quizá buscando refugio en los brazos de su madre. Karl von Graft se quedó con los ojos abiertos y el cigarro nuevo en la boca. Miraba hacia a la bodega, donde estaban las bombas norteamericanas que debía detonar. Su mano acarició la barbilla. Y maldijo al comprender cuál sería el camino a seguir:

—*Scheiße*...

III

Caminaban en silencio, mirando de un extremo al otro, por los largos y sofocantes pasillos del fuerte. Las luces se movían inquietas, buscando un movimiento, un cambio que sirviera de aviso para una posible introducción al santuario. Había miedo, terror. Era lo que los de afuera buscaban al sitiar la fortaleza. Las adoraciones a lo extraño funcionan de esa manera, con el pánico hacia lo velado. No se temía al objeto extraño en sí, sino al desconocimiento de éste. Por eso, marinos y soldados vigías caminaban nerviosos de lo que podría aparecer al cruzar la esquina. El frío calaba, ayudando a que los escalofríos corrieran por las espaldas. Un soldado se detuvo, cavilando en que lo que pensó era un trabajo fácil: cuidar extranjeros. Y cómo éste empeoró hasta transformarse en una pesadilla. Podría estar en otro lugar, en la sierra, aplacando levantamientos campesinos, o bien en un cuartel, donde estaba la vida monótona. Cerró los ojos pensando en su familia que había dejado atrás, en el estado de Tlaxcala, a pocos kilómetros de donde estaba. Recordó leyendas y mitos de monstruos buscadores de víctimas en la noche, seres de proporciones enormes que sólo saciaban su sed con la muerte de los campesinos. Nunca creyó en esos mitos, no podía, en un país entrado a la modernidad, donde el presidente hablaba de una nueva bonanza impulsada por el petróleo que había expropiado Cárdenas. No, esas historias de sus abuelos eran sólo para asustar a los niños, acaso metáforas sin validez para el mundo de hoy en día. Él no había visto nada en realidad, sólo lo que el capitán les platicó, y lo que logró escuchar de otros compañeros que sí lograron vislumbrar a ese gigante descarnado. Pero había atestiguado cadáveres. Sin ver al ser temido, lo sentía igual que las leyendas de su tierra: irreales. Pero no así el espanto que sentía mientras caminaba durante su rondín. Si todos temían, él también lo haría. Su deseo de sobrevivir se anteponía. Los pasos del militar resonaron en el pasillo. Se detuvo, mirando la garganta oscura que era el corredor. Fue el movimiento de esas paredes lo que le inquietó. Se alargaban y achicaban, resplandeciendo. El hombre se cuestionó si era aquello lo que debía temer. Una mano se lo confirmó. Surgió de la nada, atrapando con sus dedos largos su garganta. Intentó buscar su arma, pero lo encontró imposible. Otra mano emergida de la oscuridad palpó sus costillas. Sin dificultad se metió entre ellas, buscando algún órgano. El grito resonó por todo el pasillo. El soldado supo que sus antepasados tenían razón: había cosas afuera, cosas que mataban. Y cuando los dedos le cruzaron la garganta, haciendo que la sangre manara, comprendió que sería una víctima más que alimentaría el mito.

El cuerpo, con la garganta desgarrada, cayó al suelo. La risita del Monje Gris de nuevo resonó. Estaba ahí para cobrar su tan preciado regalo. Ya no seguía las órdenes del dios. Se sentía especial, pues conocía los misterios prohibidos con los que *ellos* se movían. Era el ingeniero del nuevo culto que devolvería a los antiguos a su reino. Por eso podía hacer esto, y más. Limpiándose las manos ensangrentadas en las paredes, caminó olisqueando, buscando ese olor a flores que encontró cuando la vio, a la ofrenda.

Su nariz le decía que estaba cerca. Podía apreciar a los padres detrás de una puerta. La de junto emanaba esa esencia de virginidad que buscaba. Abrió la puerta. Vio las dos camas. Y tomó lo que le habían prometido.

María fue la que pidió ayuda a sus padres. Victoria había desaparecido, llevada por el loco que no tenía paredes como limitantes, el que podía viajar entre espacios. El aviso se propagó por el fuerte, entre todos, que sentían que habían sido violados. El capitán César Alcocer arribó al lado de Von Graft, encontrándose con Greta, que lloraba entre alaridos. Su padre, Richard Federmann, se volvió hacia ellos:

—¡Se llevaron a mi hija!

No hubo respuesta, Alcocer sacó su pistola y corrió hacia el exterior seguido por Von Graft. Cruzaron los pasillos para bajar por la escalera. Entre la nevada, atravesaron el patio para abrir el portón al exterior.

Y estaba ahí, parado al final del puente de acceso. La silueta del gigante, mirándolos, erguido, con sus largos brazos desproporcionados colgados a los costados, tal como lo habían visto la última vez. En silencio. Sólo se escuchaba el castañeo constante, ese golpeteo de sus dientes.

IV

Karl von Graft siguió al capitán por los portales rumbo a las escaleras. Llegó a la doble escalinata hacía las habitaciones y comenzó a subir los peldaños de par en par, bufando molesto. Estaba decidido a que alguien pagaría por el rapto de Victoria, y si le habían comentado bien, se trataba de ese idiota apodado Monje Gris. No le importaba si era un genio, un demente o un simple hombre, lo mataría.

—Es hora de hacer algo nosotros. Nos hemos dedicado a encerrarnos sin hacer nada. Esa chica está en peligro… —enfrentó Von Graft a Alcocer, siguiéndolo por las escaleras.

El militar se volteó, y con el dedo índice señalando directo a su pecho, respondió:

—¡Soy un maldito capitán ecuestre! ¿Cree que tengo la capacidad de dirigir una guerra contra cosas fuera de este mundo?

—Aquí nadie es lo que dice que es, eso ya lo supimos. Así que, vayamos a romperle la cara a ese gigante hijo de puta, y regresemos a beber tequila.

El alemán se quitó su sombrero, pero se dejó puesta esa cara de arlequín que a muchos agradaba, aunque Alcocer empezaba a odiarla. El capitán susurró una maldición y continuó su camino por las escaleras al segundo piso:

—Debería golpearlo, Von Graft…

—Ni siquiera me llamo así, capitán —le arrojó el espía, sin moverse de la parte media de las escalerillas—. Soy Karl Wagner Sosa, nací en Buenos Aires. Tampoco soy ningún "barón". Pero puedo ser un "cabrón", si me presiona.

—No entiendo… —murmuró el capitán encorvando su cabeza para subir y bajar su bigote de galán de película. Von Graft alzó sus hombros, intentando quitarse el disfraz que con tanto cuidado había creado. Ahora, lo que importaba era salvar a la chica Federmann. Y como dijo: partirles la cara a todos esos cabrones de allá afuera.

—¿Si me sincero con algo comprometedor, me acusará en Gobernación? —preguntó el alemán, todo dientes, imitando a un niño que admite su travesura.

—¿Qué, Von Graft? ¿Mató a alguien más?

—No he asesinado a nadie, le seré sincero. Excepto a los que nos cargamos allá afuera… —expresó quitado de la pena. Después del ataque final, y de la charla con María, su disfraz era ya inútil—. Verá que como traidor a la patria, soy bastante chambón. Nunca completé ninguna misión, soy el peor espía del mundo. El muerto que me cargan sólo fue un pretexto para poder entrar a la fortaleza…

El capitán Alcocer bajó dos escalones, para confrontar al alemán cara a cara.

—¿Y…?

—Tengo una idea para patearle las bolas a ese cabrón sobredesarrollado. Pero lo haré sólo si promete ayudarme cuando salgamos. Necesito que me dé su palabra; que me auxiliará, que no dejará que me extraditen a Alemania.

Los dos hombres quedaron mirándose, el militar alzó la vista para ver si tenían algún testigo. Sólo la nieve que caía.

—No puedo prometerle nada, Karl… Mire, si dice que es falso su cargo, yo me encargaré de sacarlo.

Al susurrar eso, Von Graft alzó las manos efusivo. Tomó la mano derecha del oficial, para darle un fuerte apretón, cerrando el trato:

—Podemos usar las bombas de los aviones, las que tienen en la bodega.

El gesto en Alcocer se fue mutando de sorpresa a incredulidad, parecía tener muchas preguntas.

—¿Y cómo piensa activarlas? ¿Nos subimos a los muros y las lanzamos como si fueran cohetones de fiesta de Navidad?

—Funcionan con un retardante químico, para luego accionar su carga. Sólo que con un detonador, que por pura casualidad tengo, colocado en ellas, le aseguro un entretenimiento mejor que el de una película de Hollywood —indicó el alemán.

—¿Un detonador? —balbuceó incrédulo de lo que escuchaba el militar. Por un minuto, en su mente, tuvo que unir partes de la conversación para dar significado a lo que oía.

—Sí, lo conectamos a estas bombas y darán un espectáculo mayor que los fuegos artificiales. Como le dije, entretenimiento asegurado, mi capi.

La mano del capitán Alcocer, cual trueno descargado a la tierra, apresó la muñeca del alemán. Apretó con toda la fuerza que pudo, ya que estaba aceptando en cierto modo su condición de saboteador:

—¿Puedo preguntar por qué tendría usted un detonador de bombas en esta prisión?

—Tal vez, como usted dice, no somos lo que aparentamos. Eso sí, le confirmo que no maté a nadie en México. Incluso, al hombre que me mandaron liquidar, no pude hacerlo… —movió su mano intentando zafarse del apretón de Alcocer. Éste lo soltó, pero sus ojos estaban tan grandes como dos charolas, admirado por la declaración—. Y estaba a punto de desechar mi misión de destruir las bombas. Creo que de algo nos van a servir.

—¿Puedo confiar en usted, después de esta revelación? —gruñó el militar, de nuevo aferrando a Von Graft jalándolo hacia la parte superior de las escaleras, esperanzado de que nadie hubiera escuchado la conversación. Los dos hombres entraron a una de las oficinas de la prisión, y cerraron la puerta tras de sí.

Librado de la mano de Alcocer, y resguardados en esa pequeña oficina donde había una fotografía del general Cárdenas en la pared, Von Graft continuó con voz tranquila:

—No tanto como yo confiaría en usted, quien desea quedarse con la señora Federmann, capitán. Mire, somos soldados que no queremos hacer guerra. Preferimos ser sobrevivientes. Quizá tengamos distinto color de piel, pero igual somos mexicanos, y realmente a ninguno nos gustan los balazos. Nos hemos vuelto flojos para eso de las revoluciones.

Alcocer dejó escapar un suspiro. Sin parpadear, clavaba su vista en ese hombre que ahora se había convertido en un verdadero enigma. Afiló su delgado bigote con la mano, pensativo:

—No tengo idea de cuánto oculta, Von Graft... Pero si me traiciona, lo mataré, no lo dude.

—En la carretera, cuando me traía aquí, pude haberlo matado a usted. Tuve oportunidad de sacarle el arma. No lo hice pues no era mi intención escapar, quería seguir todo este juego de espionaje para que no me regresaran a Alemania... —admitió. Pero de repente cambió el semblante serio a un gesto algo jocoso—: Agradezco no haber huido; me cae bien, mi capi.

—No sea presumido, no hubiera podido —de inmediato lo acalló el capitán.

—Quizá soy mal asesino, pero soy un cabrón hecho y derecho... —sonrió Von Graft levantando el arma de Alcocer, apuntándole directo al pecho. Éste, al verla, dirigió las manos a su cinturón, descubriendo la funda vacía. Muy astuto, Von Graft había extraído la pistola con la mayor sutileza.

—¿Cómo sacó mi arma?

—Gajes del oficio... Seguro se preguntará por qué ahora los ayudo, si tenía órdenes de volar el fuerte. Mire, siempre he ido de un lado a otro, inclinándome a quien me convenga. Hace años me mandaron a México por hablar bien el español, pero en el fondo lo hice para huir de los horrores del partido. No niego que al principio me afilié, mas un día irrumpieron en casa de mi padre, que era un ferviente creyente de las ideologías democráticas... No lo volví a ver. Tampoco pude apelar a mis contactos para ayudarle.

—Era su padre... ¿por qué?

—Hubiera tenido que admitir que no era el barón Von Graft, sino el hijo de un obrero.

Von Graft aventó la pistola al aire; al caer, la recibió por el cañón, para en seguida ofrecérsela a su dueño por la culata. Alcocer se la arrebató frenético, colocándola de nuevo en su cinturón.

—Sea más precavido, estar enamorado lo vuelve pendejo —le dijo Von Graft abriendo la puerta para salir del privado.

—¿En verdad me hubiera matado, Von Graft?

—Vayamos a ver esas bombas gringas...

Un chillido metálico, de esos que rasgan los oídos, sonó al abrirse la puerta de la bodega. Era una de pasillos taponados, con techumbre de medio arco, ubicados en la parte inferior de la fortaleza. Tal vez se usó de polvorín o como viejas celdas; varios de los espacios habían ido cambiando de función con los años. Olía a humedad, rancio. Prevalecía ese aroma, como a hongos, que tienen los lugares cerrados. Von Graft prendió la luz, que como muchas instalaciones del lugar era un simple foco al centro. Entró con cuidado, tapándose la nariz ante el tufo desagradable. El almacén se hallaba repleto de resmas de papel, muebles viejos y varias cajas de madera con el símbolo del ejército norteamericano.

—¿Así que combatió en España? —preguntó Alcocer entrando al lado del musculoso Barcelona, pues lo habían llamado para ayudar con el plan.

El marino se restregó la mano en la nariz, intentando apartar el hedor. Se agachó, y tomando una barra metálica, abrió la primera caja. Adentro, entre aserrín, dormitaban dos flamantes bombas para aviones. En una de ellas, algún obrero militar le había puesto el jocoso letrero *"Fuck Hitler!"*. Los tres hombres sonrieron ante el descubrimiento.

—Estuve como mecánico y soldado. Ayudé un poco cuando decidieron bombardear la ciudad. No crean que estoy orgulloso de eso —repuso el pelirrojo tocándose la barbilla, reflexivo—. Soy desertor. Hui en un barco, uno que iba a México...

—¿Sabes manipularlas? —cuestionó el capitán Alcocer.

—Creo que es una de 100 libras, como las que usaron en Francia. Tienen un fusible de retardo de ¼ de segundo en la cola y un fusible extra de $1/10$ de segundo en la nariz. Algo químico, que hacía que no explotaran indebidamente. A veces, cuando las cargábamos en los aviones, volaban como cohetes. Son impredecibles...

Los tres hombres, con las manos en la cintura, se quedaron mirándolas. Como si fueran un tesoro recién descubierto. La puerta de nuevo volvió a chillar. Alcocer volteó sorprendido: era Richard Federmann, con una mochila al hombro.

—¿Señor Federmann?

—Yo lo llamé, no te preocupes —explicó Von Graft, recibiendo la mochila. Alcocer, curioso y sorprendido, advirtió el contenido: era un aparato con tres tubos de dinamita unidos con cinta y colocados en un detonador de reloj.

—¿Ésta era su misión? ¿Estaban coludidos? —balbuceó molesto el capitán. Von Graft ya no le hizo caso, no iba a explicar de nuevo todo su teatro. Mejor entregó el dispositivo a Barcelona, que, sonriente, lo revisó.

—No queríamos hacer daño a nadie, capitán. En verdad acepté la misión para que el partido ayudara a mi muchacho, allá en Europa. ¿Usted no lo haría por un hijo? —se explicó el cafetalero alemán. Los cuatros se miraron, sabiendo que no iniciarían ahora una discusión a ese respecto.

—Seremos nosotros quienes hagamos esto, no quiero poner en riesgo a nadie más —dijo Alcocer, agachándose para tomar la bomba con el mensaje para Hitler. Era pesada, pero se podría llevar fácilmente al hombro dentro de una mochila.

—O sea... ¿nos jodemos parejo? —cuestionó Von Graft.

—Yo también voy. Rescataremos a mi hija. No permitiré que corra más peligro —dictó Federmann convencido del plan.

—Bueno, si le gusta eso de las explosiones, adelante —aceptó Von Graft, mientras veía cómo Barcelona revisaba el funcionamiento del detonador y de la integridad de la bomba.

—Sí… —dijo pensativo para sí el fortachón pelirrojo. Se levantó y señaló las cajas—: Podemos llevar cuatro de éstas, cargarlas y colocarles el detonador. Pero no me gusta el clima allá afuera. La parte química del interior de las bombas seguramente se ha congelado. Yo usaría dinamita como detonador, a la vieja usanza, con mecha de tela.

—Tendremos que llevarlas al centro de las pirámides, donde esos locos hacen sus sacrificios —indicó Alcocer—. Eso nos dará poco tiempo para huir.

—¿Sacrificios? ¿Como los que hacían los indios prehispánicos? —cuestionó Federmann.

—Eso fue lo que vi, señor Federmann. No tengo idea de cómo les lavan el cerebro a sus seguidores, ni cómo fue que lograron entrar a la fortaleza para reclutarlos, pero si destruimos su centro ritual, seguramente les haremos mucho daño.

—Debemos asegurarnos de que también esté ahí el gigante. Supongo que él los domina… —murmuró Barcelona—. ¿Cómo lo distraeremos?

—Creo saberlo —sentenció Von Graft.

V

Los nudillos tocaron la puerta de la habitación. María, sumida en su mundo personal, levantó la mirada para descubrir a Karl von Graft en el umbral. Ella seguía armando su rompecabezas, alejada de todo el histerismo desatado por el rapto de su hermana. Karl entró con parsimonia, llevándose las manos a los bolsillos del pantalón. La niña no quitó la mirada del alemán, pero en ésta no había temor. Existían muchas versiones del futuro y del pasado de cualquiera para entender que era imposible saber con precisión los hechos. Mucho tenía que ver con decisiones, intenciones y miedos. Esas visiones podían aparentar para una persona normal algo caótico, pero María sabía navegar en ellas. Karl von Graft era el mejor ejemplo de semejante experiencia: podía ser muchas cosas. Un embustero, un espía, un asesino. Todo, a la vez. Y a la vez, nada.

—¿Interrumpo? —cuestionó Karl.

La niña le señaló su rompecabezas casi armado en la mesa.

—Ya lo armé dos veces. Me gusta dejar unas piezas sueltas para que Victoria me ayude. Ella cree que apoya, pero yo ya sé dónde van las piezas. Ahora estoy esperando a que regrese, para que lo completemos. Ella está viva, lo sé.

—Te entiendo, pequeña —Von Graft se sentó frente a María, un poco temeroso de lo que ella podía ver de su vida—. Necesito pedirte un favor…

—¿A mí?

—Me platicaste que esa cosa, ese gigante de carne, te podía escuchar y ver —comenzó, sabiendo que nunca entendería las cosas que María sentía. Pero trataría de que esas habilidades pudieran ser de ayuda en el plan de rescate.

—Creo que sí, pero en otro lugar. Nos comunicamos de alguna manera, por eso le digo a mis padres que Victoria está bien. La tiene el hombre sin pelo, el Monje... el viajante entre paredes. Él cree que Victoria es su regalo. El pelirrojo me dijo que estaba loco.

—¿Y dónde la tiene?

—En el pueblo, donde está la bruja. La que manda...

—¿Bruja? *Die hexe?*

—La mujer de lentes —explicó María. Von Graft supo que se trataba de Guerra—. Hechizó a los hombres. Lo intentó conmigo, porque el gigante me quiere, pero no pudo. Uso una pared de fuego para que no me toquen. Por eso mandó al mensajero... A Toñito muerto.

—Me lo imaginé —afirmó con la cabeza el alemán—. Mira, saldremos a rescatar a tu hermana. Vendrá con nosotros tu padre. Yo, la verdad, no tengo idea sobre qué habilidades tengan los tipos a los que nos enfrentaremos, pero parecen siempre ir adelante de nosotros. Como si estuvieran en nuestra cabeza.

—Pueden ver cosas, como yo... —interrumpió la niña.

—Correcto, por eso necesito que los distraigas. Sé que es peligroso lo que te pido. No tengo idea si pueden hacerte daño. Digamos que serás nuestro guía.

—Pueden hacerlo, señor Von Graft. De una manera distinta a la que imagina.

Eso detuvo a Karl von Graft. En su cara fue evidente el disgusto. No deseaba que nadie corriera más peligro, menos aún la pequeña pelirroja que tenía enfrente. Tomó aire, y continuó, sabiendo que no tenía opción.

—Es importante, para ayudar a Victoria... ¿Lo harías?

—Lo haré. Sé que traerán a Victoria. Todos debemos hacer nuestra parte. Mi padre... El capitán... Usted... No se fume un cigarro, pues necesitará prender uno más grande con el encendedor.

—Pequeña, vas más rápido que yo... —se levantó sin comprender lo que había escuchado.

María alisó su falda, bajando la mirada.

—¿Le dirá la verdad a mi papá? ¿Sobre mi hermano? —susurró apenada. Von Graft alzó una ceja, incrédulo de que la chiquilla regresara a ese tema, que tanto le incomodaba.

—¿Qué Gustav está muerto? Tal vez lo haga, María.

—No, que no es mi hermano.

Greta despegó los labios de su amante. Un sabor fresco, y a la vez prohibido. Le recordó sus años jóvenes, se sintió bella de nuevo, deseada. El capitán Alcocer soltó sus hombros para abrazarla, ella arrojó su cabeza hacia atrás, con ojos lacrimosos.

—César, salva a Victoria.

—Lo haremos, Greta. Confía en mí —respondió él, buscando de nuevo una boca que la rubia apartó, clausurando el tiempo de arrumacos.

—No creo haber sido la mejor madre del mundo. Me he pasado la vida preocupada por cosas banales, pero tú puedes salvarla —susurró implorando. Fue entonces que la puerta de la oficina se abrió de golpe, dejando entrar un viento frío al lado de Karl von Graft, quien se detuvo al encontrarlos enlazados. Ambos rostros giraron a la vez, descubriendo al alemán en el umbral.

—Mi capi, tengo resuelto... —Von Graft levantó la comisura de sus labios apenado—. Bueno, creo que es por eso que mi madre me enseñó a tocar antes de entrar.

Alcocer soltó a Greta. Ella a su vez dio varios pasos desesperados intentando alejarse del capitán. Un color rojizo pintarrajeó las mejillas de ambos, volviendo un grado más incómoda la incómoda situación. Sus miradas deambulaban por la habitación, buscando eludir los ojos, que pensaban acusadores, del recién llegado.

—*Herr* Von Graft... —dijo la mujer con tono amargo de limón pasado.

—Señora Federmann... —respondió Karl, más divertido que juicioso por haberlos encontrado en una posición tan comprometedora.

El militar aplanó su camisa con la mano y, tomando la chamarra de la silla para colocársela sobre los hombros, salió del cuarto:

—Revisaré que Barcelona saque las cosas de la bodega.

Greta y Karl permanecieron a unos metros, mirándose de frente, sin saber qué decirse. No habían convivido mucho entre ellos, y no tenían interés en hacerlo. Sin embargo, había mucho entre sus personas que les hacía evitarse, una pared de mentiras e historias inventadas que se levantaba entre ellos. De alguna extraña manera, era como mirarse al espejo.

—¿Usted irá también por mi hija? Se lo agradezco. Pero le diré la verdad: no confío en usted. María me lo contó, dijo que era el asesino de Blancanieves —gruñó la mujer, jugando con los artículos en la mesa. Entre ellos, el cuchillo de obsidiana y los libros de códices antiguos.

—Por una vez que intentas matar a una princesa, ya te hacen mala fama —bromeó Karl. No intentaba repelerla, sólo levantó el escudo que su personalidad mejor empleaba—. No, señora, no la maté. Le aseguro que está vivita y coleando con sus siete amigos en esa casita bien mona.

Greta lo contempló con desprecio, soltando el cuchillo en la mesa. El ruido de la piedra sobre la madera fue extraño, agudo, y provocó que Karl cerrara los ojos.

—Es un idiota, a mí no me embaucará con sus palabrerías.

—Querida señora Greta, estoy seguro de que podemos ser amigos. Mire, me dijeron que usted es de Austria, ¿no es así? Yo vengo de Bavaria... Bueno, mi padre. Y no se culpe de ser mala madre, perdone que lo escuchara… La mía trabajaba en los arrabales de Buenos Aires. Un día simplemente me dejó con mi *Vater* junto a una nota que indicaba a qué hora debía darme el biberón y con la encomienda de enseñarme el español. El pobre obrero tuvo que hacerlo. Como ve, si fuera concurso, creo que ella le gana.

Bajando la guardia, Greta preguntó intrigada:

—¿Barón?

—Un apodo jocoso que me pusieron en la escuela militar por ser tan pulcro. Ya ve, eso de ser modosito hasta trae buenas referencias.

—Pero me dicen que vivió en Berlín.

Von Graft caminó por la habitación sabiendo que ese muro que los flanqueaba empezaba a abrirse. Aunque no sabía si eso sería del agrado de los dos.

—Sólo viví ahí un tiempo, la verdad es que mi padre trabajaba en una fábrica en Argentina. Regresamos a Alemania cuando tenía quince años, de ahí mi hermoso español de cantante de ópera.

—No confío en usted… —dictó tajante Greta. No se dejaría llevar por historias melodramáticas de la vida. No ella, que tenía demasiadas de ésas—. Conozco a la gente falsa, que se esconde tras caretas. Usted es uno de ellos.

—¿Y el capitán? ¿Ése sí es limpio, como toalla de hotel? —la miró Karl, jocoso.

Eso le desagradó más a ella. No deseaba que un falso, un mentiroso profesional, se atreviera a juzgarla.

—Él no esconde lo que es.

—¿Sabe? Creo que no le agrado porque usted y yo en el fondo no somos muy diferentes. Cuando su esposo nos platicó cómo se conocieron, tuve mis dudas. Una cantante de hotel y un estudiante penoso… Esa película la había visto, y no era buena desde el inicio.

Greta levantó la comisura izquierda del labio superior, como si quisiera gruñirle.

—¿Qué está insinuando, Von Graft?

—Necesitaba un marido. Usted no sedujo al señor Federmann, lo cazó. No la culpo, hizo un buen trabajo. Le vendió eso de estrella de canto, entre todo lo demás. Entiendo que esos años fueron duros. Más para una madre soltera…

Un silencio, más frío que la nieve que caía en el exterior, se montó entre ellos dos. La mujer se movió como un gato que es atrapado, intentando liberarse de las manos de su captor.

—No me gusta lo que insinúa.

—Los dos usamos otra personalidad para venir a México: Greta Federmann, la dedicada ama de casa. Karl von Graft, el noble productor de cine. Para eso vinimos a este país, para dejar atrás nuestras historias y crear una nueva. Tuvo suerte de encontrar un padre para su niño.

Greta dio una gran zancada para estar a un palmo de Von Graft. Apretando los dientes, sintiéndose desnuda y descubierta, lanzó una fuerte cachetada que hizo girar la cara del alemán.

—¡Es un lépero!

La puerta había estado abierta. Después del duro golpe que recibió en la mejilla, Von Graft descubrió que Richard Federmann los observaba en el umbral.

—¿Greta?

Von Graft elevó una mano para sobarse. Los dedos de la mujer aún seguían marcados en su rostro. El señor Federmann entró angustiado a la habitación, mirando a ambos.

—Señor Federmann… su esposa y yo rememorábamos anécdotas de nuestra tierra bávara —respondió Von Graft. Suspiró, alzó los hombros y, retornando a su actitud de no importarle nada, prosiguió su camino—. Ya nos vamos, despídase de su mujer. Nos vemos allá afuera.

Karl von Graft se alejó, para encontrarse con Alcocer y Barcelona.

—¿Me perdí algo? —cuestionó Richard a su esposa. Ella bajó la cabeza, intentando calmarse. Literalmente se dejó caer en el sillón, dejando que las lágrimas fluyeran. Federmann se acercó a ella, rozando levemente los dedos de sus manos colocados sobre el escritorio.

—*Schatz...* —le susurró.

—Victoria... Tráemela viva, por favor.

—¿Es él tu amante? ¿Von Graft? —cuestionó inquieto Richard.

Greta levantó la cara, se limpió los rastros de maquillaje corrido por las lágrimas e intentó ofrecerle una sonrisa a su esposo, que poco entendía de ella, y menos idea tenía de lo que le sucedía.

—Hablaremos cuando regreses —respondió ella. Se levantó y desapareció por el umbral de la puerta.

Federmann se quedó solo en esa oficina que tanto visitaba cuando el alcaide Salinas estaba vivo. Reflexionó en cada decisión que había hecho en beneficio de su familia. Tal vez nunca fue el cariñoso padre que sus hijas hubieran deseado, pero sabía que era lo necesario para sobrevivir en épocas salvajes como las que vivían. Pensativo, se encontró con los libros que Marina Guerra le había llevado al director. Los hojeó, intentando encontrar respuestas sobre a qué se enfrentaban. Mas ahí sólo había tratados de historia. La historia era una ciencia muerta, formada de recuerdos. Ellos se enfrentaban a cosas que ni la misma ciencia comprendía. Tomó el cuchillo de obsidiana y se lo guardó, seguro del camino que tenía por delante: mataría al que capturó a su hija. Lo demás, no importaba.

VI

El ser divino supo que había peligro. Ocurrió de repente, sin necesidad de apelar a sus sacristanes, que mantenía cual reina de una colmena. A la vieja usanza, como en los viejos tiempos donde ese intelecto colectivo de muerte prevalecía. No, no era como la última vez, cuando llegaron los peones barbados con sus símbolos en estandartes alzados. Ésos fueron silenciosos, precisos en la destrucción de los hilos implementados entre sus adoradores y el dios. No, ésta era una guerra directa, frontal. Olisqueaba que ahora sería distinto: traían esas cajas con sangre apestosa con las que se movían, y fuego empaquetado en muchos tamaños. Eran rebeldes, no estaban dispuestos a rendirle adoración, y eso era peligroso: necesitaba esclavos, o muertos. Sólo entre esos dos. Buscaría con sus ojos que miraban otro plano, esos ojos vacíos que atestiguaban lo que ellos no podían. Y entró a ese lugar, donde podía ver sus miedos, sus deseos. El cielo rojo, ardiente, como una llamarada que roja palpitaba. Los bosques eran halos de vida, espectrales olas de vida. Y al fondo, ese volumen negro y frío de piedra, su fortaleza, su lugar donde se creían a salvo. El gigante caminó hacia esa negrura, adelantándose a sus deseos de matarlos. Los olisqueaba cual sabueso, encontrándose con que eran cuatro. Pero él era dios, él podía ver atrás y adelante. Sus dientes castañearon formando algo parecido a una sonrisa.

Se detuvo. Ante un gran azul que olía a café recién pizcado. Detrás de él estaba esa niña. La que, sabía, tenía que destruir. Pequeña, apenas a las rodillas de su imponente volumen. No hacía nada, sólo permanecía parada, con esos ojos blancos. Lo retaba, le decía que ella también caminaba por esos rumbos. Furioso, se lanzó hacia ella, para evitar que propagara el virus de la libertad entre los que debían temerle.

Una gran pared de fuego naranja se alzó rodeándola. El ser gruñó. No sólo veía cosas, creaba objetos en ese espacio. Las llamas, danzantes de calor y devastación, se ensalzaron hasta tocar su cara descarnada. Sintió sufrimiento, daño. Sensaciones olvidadas. La niña seguía sin moverse, retándolo a que tratara de alcanzarla. Sus garras intentaron asirla, cruzando esa muralla de fuego. Se encontró con más dolor.

—Victoria… —le dijo la pequeña con sus ojos blancos.

El dios bramó, encolerizado. No debía pasar eso, él era todo supremo, fin y principio. Uno de ellos, los que debían adorarlo, le hacía daño. Los dientes se abrieron escupiendo odio y saliva. Lucharía contra esa creatura, por la reposición de su reino. Pero se detuvo, olisqueando su carne carcomida por el fuego: no, la guerra verdadera estaba afuera. Eran esos cuatro hombres. Había sido engañado por la niña. Un nuevo rugido resonó, sabiendo que todo eso, el fuego, la confrontación, era para ganar tiempo.

Copos gruesos de nieve continuaban su incesante descenso por el paisaje. Los árboles favorecían que las corrientes gélidas no apalearan de frente a los caminantes. Sin embargo, portaban los rostros hinchados y rojos por el extenuante frío. Dando zancadas con dificultad, y cada uno cargado con una mochila del ejército mexicano, se alejaban de su refugio para enfrentar los misterios que los habían embestido.

—¿Están seguros de que funcionará? Ni siquiera entendemos qué está pasando allá —prorrumpió Barcelona deteniéndose en la mitad del bosque. Acomodó el morral que llevaba en la espalda, con la bomba en su interior.

—No necesitamos saberlo. No merecen entendimiento, sólo muerte —gruñó Federmann alcanzándolo con dificultad. El grupo se detuvo, tomando aire. De sus bocas salían volutas de vapor.

—Debemos separarnos —indicó el capitán Alcocer. Sus lentes verdes se direccionaron a cada uno de los del grupo—. Si nos atrapan, tendremos menos oportunidades de lograrlo.

—¿Y los detonadores? —cuestionó Von Graft, sacando un cigarro de la cajetilla para llevarlo a su boca. Lo mantuvo colgado ahí mientras planeaban su siguiente paso.

—Tenemos sólo tres cartuchos. Llévate dos, Barcelona. Yo me quedo con el otro, en caso de que los tuyos no funcionen —coordinó el militar. Alcocer abrió su mochila y descubrió que llevaba la bomba que tenía la pinta de *"Fuck Hitler!"*. Le habría gustado incluir en el mensaje: "¡*Fuck* gigante!". Sacó dos cartuchos de dinamita y se los pasó al marino—: Trataremos de entrar por la parte trasera del campo, creando algo que llame la atención para poder rescatar a Victoria y plantar las bombas.

Los cuatro se dedicaron una última mirada y prepararon la carga. Von Graft se acercó a Richard Federmann. El hombre limpió sus espejuelos y los colocó en su rostro con cara dura, seguro de encontrarse frente al amante de su esposa.

—Necesito decirle algo. Me lo pidió María. Es sobre su hijo. Él... Bueno... —intentó cumplir la promesa de María. Federmann alzó pedante el mentón, mirando desde arriba al otrora espía.

—¿Está muerto, verdad? —murmuró.

Von Graft abrió los ojos admirado por el comentario. Federmann bajó la cara, con mirada incriminadora.

—Lo siento... pero su hijo Gustav murió en Leningrado. Estaba en un batallón de Panzer. Los rusos los rodearon. No dejaron a nadie en pie. Seguramente en la ciudad llegó un telegrama con la medalla... Me lo dijo Hilda.

Federmann soltó un largo suspiro. Se agachó para tomar la mochila y acomodarla en su espalda.

—Uno sabe cuándo su hijo muere. Dejé de recibir cartas de él hace un año... Tenía esperanzas de que estuviera en un hospital, por eso acepté ser su contacto. Pero pocas esperanzas me quedaban.

—Debí decírselo, pero con todo lo que hemos pasado... pensé que no era el momento.

—Nunca es un buen momento para la muerte de un ser querido, Von Graft —dictó con su voz de capataz, digno hacendado sureño donde el pragmatismo prevalecía. Su espíritu gélido alemán se mostró en todo su esplendor al darle la espalda a Karl.

—Tengo que decirle otra cosa... —Federmann giró, esperando otra declaración. Von Graft lo miró y supo que no podría revelarle más.

—Es usted un buen padre. Vayamos por su hija, ella está viva.

Los cuatro hombres se separaron en parejas, cada uno se adentraría en cada extremo de los refugios de los acólitos del gigante, en la zona de las excavaciones prehispánicas. Alcocer miró a Von Graft que seguía con cara adusta y el cigarro prendido entre sus labios.

—¿Algo con Federmann?

—¿Quiere saber si le conté acerca del pequeño secreto con su esposa? —bromeó tomando el cigarrillo de su boca—. No, no soy adicto a problemas ajenos. Lo aprendí siendo un embustero. Cuanto menos te involucres, más probabilidades tendrás de salir bien librado.

Alcocer se quitó por un momento los verdes lentes redondos.

—¿Podría prestarme su encendedor? —pidió Von Graft, señalando su chaqueta. El capitán rebuscó en los bolsillos, de donde emergió su viejo mechero metálico. Lo miró un momento y lo aventó para que Von Graft lo recibiera.

—Quédeselo.

—Un cigarro arregla cualquier problema, ¿no lo sabía?...
—la flama se encendió ante el crispar de los dedos, para luego
prender en rojo vivo el tabaco de su vicio.

VII

El Monje Gris devoró con lujuria en sus ojos a la joven. Victoria permaneció a sus pies, amarrada cual animal a un poste. Se acercó, y con inusual delicadeza acarició su cabello rubio que brillaba como el oro. La muchacha sollozó, sin comprender qué estaba sucediendo. Estaban en una de las casas de campaña establecidas para la excavación arqueológica. Después de su sustracción de la fortaleza, el Monje había discutido mucho con Marina Guerra, chocando las visiones que tenía cada uno de lo que hacían para complacer a la divinidad gigante. Era obvio que ninguno entendía las necesidades de ese ser, pero a la vez se habían dejado usar como piezas de ajedrez en un juego que ni siquiera existía en la Tierra. Tal vez por eso el Monje decidió privilegiar sus necesidades.

—Por favor… Mi padre le dará mucho dinero… —lloriqueó la muchacha.

—No, no, no, pequeña delicia. No me importa el papel monetario humano —explicó con tono cariñoso.

—Se lo juro, puede volverlo rico… —intentó de nuevo Victoria.

—Tú, delicada muchacha, eres mi trofeo… Lo sabes, ¿verdad? Nuestro Señor Desollado me regaló tu persona —continuó acariciándola, y se agachó hasta su cara para forzarla a levantar el rostro y así poder lamerle una mejilla. Por un momento pudo sentir que su lengua tocaba la boca de la chica, provocándole un gran placer.

—¿Regalo? —balbuceó Victoria sin comprender las cosas que ese hombre le decía.

—Me contactó, y me lo enseñó. Me dijo las verdades… Un arte, técnica prohibida para moverse en el tiempo y el espacio —dijo orgulloso de poder mostrarle sus logros. La desamarró, forzándola a levantarse para asomarse al exterior. Victoria apenas lo vislumbró: una estructura cuadrada, con objetos cruzados, sangrantes—. ¿No lo ves?

—Son cabezas… —logró distinguir con terror.

—Y energía… Una puerta… —la volvió a meter a la tienda de campaña, abrazándola por la espalda. Su mano derecha continuó jugando con los cabellos dorados—. Arribarán los grandes dictadores. ¡Será nuestro nuevo renacer! —terminó cerrando los ojos y oliendo el aroma de la chica.

Sus cortejos fueron interrumpidos por la pequeña mujer de lentes, vestida en una farsa de traje antiguo. Poco de ella, la genio de la historia, de la arqueología, quedaba en su ser. Su cabello estaba cubierto de costras de sangre y su cara era la imagen de una copia barata de las pinturas de los sumos sacerdotes.

—¡Monje!… ¿qué haces aquí? —interrumpió, con voz aguda. Sus ojos estaban casi cubiertos de una capa blanca, la misma que llevaban los acólitos. Era parte de la transformación de los creyentes, el símbolo de ser parte de la colmena del dios renacido.

—Es mi regalo. Me la obsequió… —apretó con sus brazos a Victoria que se quejó ante la presión.

—¡Es un sacrificio! Hay que alimentarlos… —desesperada, martilló la cabeza del Monje, que se quejó ante la agresión—. La mataremos junto con el que atrapamos en el bosque. Será el último ofrecimiento a nuestros padres.

Victoria abrió los ojos, soltando un lloriqueo al escuchar aquello. Sabía lo que significaba: alguien había ido en su rescate, y había fallado. Poco ánimo quedaba ya. La pequeña mujer, moviéndose excitada por la proximidad de una muerte, dejó al Monje con la chica. El Monje Gris empezó a reír con una carcajada fina, de ratón. Empezó a dar vueltas, pensativo. Abría sus brazos aleteando, totalmente fuera de la realidad.

—¡Nos iremos! ¡Tú eres mía! El regalo que me dio él, nadie te hará daño… ¡Yo soy el elegido! —con ojos desorbitados tomó el brazo de Victoria, dispuesto a huir de ese lugar. Mas hubo un ruido, un ligero viento que entró a la tienda. Frente a él estaba un enorme hombre pelirrojo, que en un tiempo fue marino, con una pala levantada con sus vigorosos brazos. La herramienta descendió directo en medio de los ojos del Monje Gris. Se introdujo en su cráneo, partiéndolo en dos. Con la pala clavada, antes de siquiera comprender lo sucedido, el Monje Gris cayó al suelo, muerto. Barcelona tomó a Victoria aterrada ante la violencia atestiguada.

—Atraparon a tu padre… Debemos salir de aquí…

—¡Observe este prodigio! ¿No es hermoso? —declaró extasiada Marina Guerra alzando sus regordetes brazos. Llevaba una especie de huipil, además de estar cubierta con la piel de alguno de los sacrificados. El tufo a descomposición era atroz. Hablaba con Richard Federmann, golpeado y ensangrentado por quienes lo atraparon en el bosque. Los acólitos también le entregaron dos bolsas, que dejaron a los pies de la pirámide.

Marina Guerra señaló la estructura que habían vislumbrado. Era una pared hecha de largos cayados de pino, una estructura con formas indescriptibles, a la que habían ensartado cabezas. Ahí estaban la crisma de los guardias del fuerte, y de varias otras víctimas. Una a una, con el rictus de dolor vigente, entre sangre coagulada, miraba con ojos muertos al frente. Lenguas de fuera, ojos entrecerrados, cabellos con costras de sangre. La estructura medía unos cuatro metros de alto por dos de ancho, asemejando una puerta. Algunas de las baterías que habían extraído de los vehículos estaban conectadas, en un extraño juego de cables y bulbos, una pesadilla de ingenio que lanzaba chispas. Se trataba de una especie de tecnología mortuoria arcaica, quizá prohibida, que no sólo permanecía como un gran monumento a la muerte, sino era literalmente una puerta entre realidades. Richard Federmann la vio, incrédulo. El hedor de las calaveras putrefactas le inundó la nariz.

—Es... terrible... —escupió las palabras con asco alzando la vista al impactante muro de cabezas entrelazadas.

—Eres europeo. Nunca entenderán el sentimiento de la mexicanidad, el placer de comunicarse con sangre y muerte con nuestros gloriosos antepasados —gozosa, arrastró las palabras Marina Guerra, mostrando el pequeño imperio que había creado a los pies de la montaña del Cofre de Perote.

—Eso... Ese delirio... Es demente... *flachwichser*... —indicó con la mandíbula apretada. Volteó hacia el grupo que cantaba al pie de la pirámide. Buscó con la vista al marino Barcelona, quien para ese entonces debía cumplir su parte. Cuando lo vio huir con la figura delgada de Victoria a cuestas, supo que su hija estaba a salvo. Su destino, ya no tendría importancia. Richard Federmann, el hombre frío que nunca sonreía, se complació con un gesto: era su turno de ser un cabrón por primera vez en su vida.

—Ciegos, ilusos creyentes del dios crucificado de las iglesias... —gritó la pequeña mujer, indicando que uno de los acólitos trajera un hacha para cortar la cabeza—. ¡Ellos son los verdaderos dioses! ¿No ves su grandeza?

—Sólo veo destrucción...

—Si sus ojos no son para adorar, será mejor que pasen a ser parte del altar... ¡Tendremos sus cabezas ensangrentadas en honor a Xipe Tótec! *Yoalli tlavana, yztleican timonene quia xiyaqui mitlatia...*

Los cantos hicieron coro. Richard Federmann se enfrentó a la pequeña mujer seguro de sí mismo, y un par de lágrimas le salieron al decir:

—No tocarás a mi familia.

El cuchillo de obsidiana surgió de la chamarra de Richard Federmann. Lo había logrado esconder en su cinturón. No fue difícil conseguir el corte certero, acostumbrado a abrir los venados que cazaba en las selvas de Chiapas. Ese filo, terrible y letal, aún erosionado por el paso del tiempo, surcó la piel con deleite, abriendo el estómago prominente de la mujer que sólo miró sin comprender lo que sucedía. Fue un tajo limpio, desde los senos hasta la cadera. Primero manó la sangre, humedeciendo las telas que portaba. Luego, como expulsados, las tripas y el estómago cayeron al suelo, haciendo el sonido de una bolsa de agua que golpeaba contra algo sólido. Federmann miró complacido su acto, y los ojos de Marina Guerra se clavaron en él, entendiendo que ella misma había sido un sacrificio más para los dioses eternos que esperaban su regreso a las tierras donde fueron adorados con nombres poéticos como Coatlicue o Huitzilopochtli. Pero ella no vería más. De su boca salió una cascada de sangre y saliva. Caminó dos pasos intentando tomar el cuchillo que había obsequiado al director Salinas. Su mano buscaba en el aire, tratando de asirlo, pero Federmann lo movió hacia atrás, como haría un adulto al jugar con un perro. El tercer paso ya no tuvo fuerza, ni encontró coordinación. Entonces, quien había sido considerada la mujer más inteligente de México, cayó de golpe al piso, muerta, concluyendo su reinado como suma sacerdotisa de Nuestro Señor Desollado.

—*Hure...* —murmuró complacido Richard Federmann, quien sintió un impulso terrible de decirlo también en español—: ¡Chinga a tu madre!

El canto se detuvo de inmediato, sólo las antorchas siguieron su crujir con el fuego quemando los trapos empapados en chapopote. Los marinos y gente del pueblo de Perote, que habían cedido su cordura a promesas de poder y libertad, observaron cómo la sacerdotisa que había regido su utopía de devastación, moría desangrada. Voltearon a verse unos a otros, sin recuperar la conciencia, pues la locura de las visiones ancestrales había quemado sus cerebros. Y apelando a sus impulsos más salvajes, buscaron venganza. Con gritos y gruñidos corrieron hacia el culpable, contra el hombre alemán que seguía aferrando el filo de obsidiana, dispuesto a defenderse. Al principio logró hacerles daño, cortando y apuñalando, pero eran demasiados. No necesitaron armas, la locura fue suficiente para desarmarlo y terminar con su vida terriblemente.

Por un momento, un leve momento, Victoria miró hacia la pirámide. Los seguidores del antiguo dios se entregaban a una orgía de sangre y muerte, desmembrando a su padre. Piernas, brazos, cabeza, eran alzados en el desenfreno. A sus pies yacía la sacerdotisa muerta, con los intestinos vaciados. Victoria trató de gritar, de pedir ayuda, mas era muy tarde: la mano de Barcelona le cubrió la boca. Con el otro brazo el pelirrojo la levantó para salir huyendo hacia la fortaleza de San Carlos. Su padre había cumplido su promesa de matar al que consideraba culpable de todas esas masacres.

VIII

Los prismáticos del capitán mexicano se apartaron de su rostro. A su lado, Von Graft intentó visualizar lo que ocurría en las plataformas de pedrusco en el recinto prehispánico. El impactante *tzonpantli* se distinguía rodeado de personas que gritaban y golpeaban. Para Karl no era una buena señal. Sabían que ahí estaba Federmann, por lo que aquel tumulto sólo significaba una cosa: lo estaban matando.

Alcocer y Von Graft permanecían agazapados, escondidos detrás de un montículo de nieve y ramas de pino que les servía de refugio. Alcocer torció su boca, mostrando su preocupación por lo atestiguado a través de los gemelos.

—Federmann…

—¿Y Barcelona? —le arrebató los catalejos Von Graft. Miró de un lado al otro, mientras el grupo de acólitos se intoxicaban con la sangre, arrancando miembros del hombre.

—No lo veo, tal vez logró escapar —musitó el militar, acomodando su mochila. Era molesto llevar las cargas explosivas en la espalda.

—¿Qué es eso? ¿Una escalera? —preguntó Von Graft, contemplando el *tzompantli*. Bajó los prismáticos fuera de su mirada y permaneció observando las antiguas construcciones descubiertas por Marina Guerra.

—Cabezas... Cabezas humanas... Ahí están todas las que perdimos. Creo que los descubrieron, no lograron colocar los explosivos. Tendremos que pensar en algo.

—No podemos volar esto si no está el gigante con ellos —Von Graft observó con detenimiento los extremos del bosque. Había sólo pinos, y una bruma que impedía ver más—. ¿Dónde estará ese filete de carne andando?

Y esta vez la deidad que impulsó por milenios su reinado de sacrificios, el ser que vivió más que una cultura, Nuestro Gran Señor Desollado de Todas las Tierras, fue por ellos de una vez por todas. Estaba dispuesto a hacer lo mismo que hizo con los otros humanos, o algo peor. Necesitaban el miedo para incentivar su adoración, y les daría justo eso. La gran cabeza, hueso y carne vivos salieron de entre las ramas, castañeando los dientes diseñados para trozar piezas de un mordisco. Se estiró para mirarlos, con las fauces abiertas, excitado por la idea de volver a su hogar a través del portal, o que los suyos regresaran a esta tierra usándolo. Había bajado la guardia con ese pequeño humano, la niña. Estaba aún adolorido, sentía la piel ardiéndole, pulsando de dolor. Por ello, la furia lo movía más que la razón. Tenía parte de la carne chamuscada, con zonas repletas de ampollas. El brazo se estiró, más dirigido por el instinto que por la vista, afectada por el fuego que le quemó en el plano ajeno. La mano era rápida, sintió que le fue sencillo atrapar a uno de los humanos acostados en la nieve. Sus ojos turbios lograron distinguir algo que llevaba en la espalda, algo que percibió como una roca de colores en tela. Se la arrancó para olisquearla. No había en ella algo que sintiera peligroso. Ni siquiera las palabras escritas en ésta, símbolos sin sentido para sus ojos. Tal vez si se hubiera detenido a pensar, si su cerebro salvaje no sólo tuviera espacio para la destrucción y el horror, habría entendido que los símbolos tienen fuerza por sí mismos. Mas no podía comprender la diferencia. Esa piedra era el símbolo de una rebelión, un ultimátum a otro horror que se desataba en Europa. Esos símbolos eran útiles, aunque no los comprendiera. Levantó el *tzompantli* para que funcionara como en los viejos tiempos: como ventana, como símbolo de poder. Ahora los símbolos se confrontarían. Mas la deidad descarnada sólo deseaba muerte, y de un mordisco le arrancó al humano un pedazo de la cara.

Von Graft golpeó una y otra vez el brazo del portento que intentaba atraparlo. La enorme deidad soltó al capitán, quien había sentido cómo los dientes le arrancaban la mejilla. Aterrizó de golpe en la nieve. La mochila con la bomba dentro cayó a su lado, en un cúmulo helado que aligeró el golpe. Karl dejó de pelear para auxiliar a Alcocer. Encontró que su pómulo izquierdo estaba destruido, empapado de sangre. Con desesperación levantó al militar, que se quejaba de un terrible dolor:

—Largo… Yo me encargo… —indicó arrebatándole la mochila para lograr colocarla al lado de la suya.

Ambos corrieron entre los troncos del bosque, seguidos por las pesadas pisadas del coloso. Lograron despistar al ser, corriendo en zigzag, mientras el portento de carne y hueso agitaba las extremidades derribando lo que se encontraba en su camino, intentando recuperar a su presa. Alcocer, atarantado por la lucha, miró de reojo a Karl:

—No podrás salir… —su voz era de verdadera preocupación.

—He vivido en muchos lugares… —indicó, apresurándolo a que huyera al bosque. Von Graft le dio a Alcocer una gran palmada en la espalda, mofándose—: Éste es un buen país para morir.

Entonces, sin despedirse, Von Graft empujó a su compañero, incitándolo a buscar refugio en la fortaleza. Al ver que el capitán se alejaba, sonrió complacido. Un instante fue en el que perdió de vista a su contrincante. El descomunal ser todo músculos derribó un árbol haciendo espacio para abrir su mano cual garra y asirlo del torso. Las uñas del ser divino se enterraron en la carne de Karl, rasgando su chamarra y su pantalón. El hombre dio un largo alarido de dolor, sintiéndose desvanecer. El gigante ser descarnado, al ver que tenía atrapado al que consideraba uno de sus mayores contrincantes, con grandes zancadas partió hacia las pirámides, donde sus acólitos continuaban con su orgía de sangre de Federmann.

Karl von Graft, ante el dolor, sintió desvanecerse. Su sangre caía al suelo, dejando un rastro entre las huellas del dios en la nieve. En su mente cruzaron imágenes de su pasado: desde su nacimiento en Argentina, donde creció en una comunidad alemana aprendiendo español, pero también en ser un mentiroso profesional; la llegada a Alemania, donde aplicó sus dones de embaucar; sus años en el partido y el ejército; Grecia, como espía, pero donde encontró al amor de su vida, que abandonó por ser una relación prohibida; París, donde se hizo cercano a Hitler; por último, México, donde supo que era su lugar, su patria. El sitio donde iba a morir. Sabía que había terminado ese camino, por eso no opuso resistencia. Su cuerpo cedió, aceptado su destino final.

—No mató a Blancanieves porque es un hombre bueno… —le dijo María Federmann. Von Graft abrió los ojos. La niña estaba frente a él, y le daba la mano. No podía entenderlo, pues seguía en las garras del portento. Aun así sentía la calidez de la pequeña, que parecía transmitirle una chispa de vida.

—Soy un traidor…

—No, un sobreviviente. Todos tenemos que hacer nuestra parte. La suya es la más importante.

María lo soltó. Su pequeña mano señaló las cargas explosivas que colgaban en las mochilas de su brazo. Von Graft comprendió que la niña estaba en su cabeza, usando su don, para darle un último empujón. Entonces una zarpa cruzó la pantorrilla de Karl. El estallido de sufrimiento lo hizo reaccionar despertando de sus alucinaciones, mientras aquel ser lo acercaba a sus mandíbulas que se abrían golosas de par en par.

—¡A mí no me vienes con esas cosas…! Te voy a decir algo: *Fick dich!*

Von Graft intentó golpear una de las cavidades oculares de aquel monstruo con una de las mochilas, y logró herirlo. La bomba metálica dejó ver su punta tras el golpe, enseñando de nuevo el mensaje que le habían escrito encima: *Fuck Hitler!* Satisfecho al verlo, Karl vociferó:

—¡¿No hablas alemán?! ¡¿Sólo hablas *pendejo*?! Eso quiere decir: ¡Chíngate *ésta!* —y le obsequió una mueca sarcástica al enorme ser desollado mientras le arrojaba las dos mochilas a una boca que mostraba un desfile de dientes filosos cual navajas. Los morrales, pesados por su contenido, se perdieron en la enorme garganta. El ser divino, que había esperado milenios para regresar a la Tierra, no entendió qué eran esas cosas que acababa de engullir. Menos aún comprendió lo que le había dicho el humano. Para él, las lenguas humanas hacían sonidos ridículos. Mas percibió que ese hombre de sombrero se estaba burlando de él. El ser divino se detuvo frente al gran *tzompantli*, que seguía chispeando y ofreciendo esa sensación acuosa en color verde. La víctima en su mano también volteó hacia esa delirante estructura de madera y carne en putrefacción. El portal estaba abierto, al menos se vislumbraba el otro lado cual puerta de cristal o como si se mirara a través de una agua verdosa. Lo que había detrás era demasiado atroz para describirse. Una tierra vedada a los ojos humanos, y con justicia, pues su aquiescencia era superior a cualquier entendimiento. Y lo más terrible, si ha de nombrarse, eran los ojos que desde allá miraban hacia este lado. Miradas con deseos de caos y muerte que habían esperado milenios para retornar a estas tierras. Escamas, moluscos, tentáculos o carne abierta, como la del mismo Xipe Tótec, todos unidos en falos, miembros, cabezas y colas. Ésos eran los nuevos dioses que pedían adoración para imponer su reinado. Karl von Graft sintió que, en su agonía, perdía la cabeza; que ese breve e informe atisbo había para siempre alterado su razón. Cerró los ojos, implorando por un destello de cordura.

Entonces Von Graft supo que era el momento: sacó el encendedor metálico que le había pedido al capitán, el mismo que con tanta añoranza agradeció cuando encendía un cigarro, y haciéndolo funcionar, rechinando como cama de hotel de paso, prendió la flama en la mecha que haría accionar la dinamita. Para Karl fue hermoso ver el chispeante cilindro explosivo. El ser desollado enseñó sus dientes, preparándose para un combate. Miró al hombre, y volteó a los lados, comprendiendo la epidemia de humanos que lo rodeaba, imponiéndose de nuevo, como cuando lo mandaron a dormir hacía un tiempo indefinido: habían vencido. Con la primera explosión, Nuestro Señor Desollado, sin importar su divina magnificencia, supo que su vida, tal como la conocía, había terminado. Lanzó un alarido que ascendió al cielo, pareciendo expandirse; dando aviso que su retorno terrenal había sido segado.

Luego de la pequeña detonación, llegaron las bombas de los aviones. Reventaron logrando una sucesión de destrucción plena. Ya no habría resurrección ni sueños eternos. Llegaría el gran temido día que se enfrentaría a la nada, la verdadera muerte. Las otras dos cargas de explosivos, que aún yacían a los pies de los restos de Richard Federmann, se detonaron ante el baile de fuego que caminó por las viejas pirámides, ofreciendo un espectáculo de combustión, tal como Von Graft lo había prometido.

Todo llegó a su fin, pues con flamas aparecía una nueva estación, un nuevo cultivo: una destrucción en el mundo por la guerra, para dejar venir un renacimiento, tal como lo pregonaba Xipe Tótec. Aun en su último respiro, seguiría fiel a su mitología. Las llamas consumieron gustosas las instalaciones que el Monje Gris había creado, cerrando cualquier atisbo a ese otro lado, donde sin duda seguirían esperando su regreso para coronarse como dioses absolutos. Junto a éstas, varios de los acólitos, marinos que habían llegado en barco a México, o campesinos del pueblo atrapados en el delirio del fanatismo, se convirtieron en cenizas y pedacería de carne.

El rugido de la explosión viajó por el campo hasta llegar a la fortaleza de San Carlos, seguido de una gran nube panzona y gris. Barcelona se detuvo, bajando a Victoria al suelo para atestiguar la detonación. Mientras veían elevarse la llamarada, el capitán Alcocer llegó a ellos, dando tumbos entre los árboles. El capitán giró para también mirar la fiesta de pirotecnia.

—Lo lograste, desgraciado... —murmuró intentando sonreír, pero el dolor de las heridas lo detuvo. Sólo en sus ojos brilló la descarga que terminaba el resurgimiento de un dios que no tenía cabida en este mundo.

Al abrir el portón de la fortaleza, Greta recibió al capitán. Éste se derrumbó en sus brazos. Su mejilla derecha exhibía una grotesca herida, sangrante y en carne viva. No pudo sostener la conciencia; apenas se sintió en los brazos de esa bella mujer, el militar sucumbió ante el dolor y el cansancio.

—¿Y Richard? ¿Dónde está mi esposo...? —preguntó entre alaridos Greta Federmann, quien soltó al capitán para besar a Victoria, que arribaba en los brazos de Barcelona. La chica no pudo contestar, sólo se escucharon de ella murmuraciones. La madre cruzó la mirada con el musculoso marino, quien bajó la mirada ante el cuestionamiento.

Victoria abrazó a su madre, ahogando la pena en su pecho. La pequeña María se acercó lentamente a ellas, que hincadas intentaban consolarse abrazadas a los pies de Barcelona. El hombre observó a la pequeña, y a pesar de lo tosco de su mano, quiso ofrecer un cariño al hombro de María. Ella sólo afirmó con la cabeza, acercándose a lo que quedaba de su familia: su madre y hermana. Por primera vez sería ella quien las consolaría y cuidaría. Aquél fue un pensamiento vertiginoso, pero ratificó algo: ya no era sólo la hermana menor. Ahora era María, la niña que decía la verdad, como le reveló ese afable alemán llamado Von Graft. Ante tal pensamiento, María quiso derramar lágrimas, en especial al escuchar el sollozo de su madre sufriendo por la pérdida de su esposo. Mas la pequeña no se dejó llorar. No se sentía con ánimo de lamento, pues comprendía que el que caminó por esas tierras como un ser divino, ya no estaba. Sus visiones, ese flotante líquido grupo de imágenes, pensamientos, olores, sensaciones y sentimientos, le decían que habían ganado.

IX

El sol emergió de entre las lejanas montañas, dejando escapar magnos rayos de luz que asemejaban brazos de un cadáver emergiendo de la tierra. Un tenue color rojizo tiñó el paisaje, coloreando los restos de nieve que comenzaban a derretirse. Fue el arrullo de un eco lo que delató el convoy que se acercaba. Subía por la carretera que venía de Alchichica, dejando una estela del vapor a su paso. Tres camiones del ejército y un imponente Cadillac negro que ondeaba pequeñas banderas mexicanas en cada extremo. Se seguían uno a otro, en fila india, como lo hacen los elefantes al desfilar. Pasaron a un lado de la columna de humo que tercamente insistía en continuar. Poco quedaba después de la explosión, sólo restos del bosque quemado. El convoy no se detuvo, continuó su recorrido hasta el acceso del puente a la fortaleza de San Carlos, que había perdido mucho de la nieve que se arremolinaba en sus muretes, convirtiéndola en ríos de agua que bajaban de la montaña. Las dos esculturas de los soldados españoles parecieron apenas voltear a verlos, prosiguiendo su custodia milenaria. Ni siquiera se detuvieron ante el portón que se abrió de par en par ante la llegada de los refuerzos tan anhelados. Los soldados que destrabaron la puerta hicieron el saludo militar a los transportes. Cruzaron la plaza central a gran velocidad para estacionarse frente a la arcada de las escaleras. Al pie de éstas esperaban los supervivientes formados en hileras. De un lado, las familias alemanas. En otro extremo, los prisioneros de los barcos incautados y un puñado de soldados. No había felicidad en sus rostros, sólo un desgaste total. Eran caras demacradas, con rastros de mechones de pelo blanco, señal de las atroces visiones a las que se habían enfrentado. Al frente, con un brazo inmovilizado y vendas en la cara, se erguía el capitán César Alcocer. Poco quedaba del aplomo y la gallardía del oficial. Sin mucha compostura, cumplió también con el saludo militar.

Al abrirse la puerta del vehículo oscuro, el secretario de Defensa Nacional de México, el general Lázaro Cárdenas, descendió. Al unísono, de los camiones bajaron soldados con armas en mano.

—General Cárdenas —habló el capitán Alcocer. Atrás de él, la familia Federmann: Greta y sus hijas, cuidadas por el fornido Barcelona.

—¿Capitán Alcocer? Perdimos contacto con su central de emigración. Pensamos lo peor... un ataque del enemigo —expuso el general Cárdenas volteando a ver esos rostros que imploraban salir de ese lugar.

—Le agradezco su puntual ayuda, general. Es necesario sacar a estos ciudadanos de aquí... —explicó el capitán señalando a los prisioneros.

La pequeña María emergió de la parte trasera de su madre. Tuvo destellos, visiones ante el que había sido presidente de la República. Los vistazos fueron buenos, y le otorgaron confianza en ese hombre alto de traje cruzado y bigote bien acicalado. El general, al verla, intentó agradarle con un gesto que ella recibió con beneplácito.

—¿Qué sucedió? —balbuceó el general, admirado.

—Tuvimos un encuentro con el pasado. A veces, señor, el enemigo está dentro de casa —confesó el capitán. Tal vez no fue la mejor manera de explicar los sucesos, pero nadie le recriminó sus palabras. Greta Federmann bajó los ojos para sollozar.

Ella, más que nadie, sabía que había sido eso: un pasado monstruoso que quiso aniquilarlos. No sólo el ser que despertó, sino los fantasmas que cada uno guardaba en su interior.

El general Cárdenas se atusó el bigote con los dedos. Luego, tomó su sombrero del escritorio para jugar un poco con él. Su mirada de viejo zorro cayó en la ventana de la oficina de la dirección, para seguir hacia los presentes que le habían narrado lo acontecido en los últimos días. En el sillón estaba el capitán Alcocer. A su lado, la señora Federmann y, sin dejar de escoltarla, Johan Lang. El expresidente carraspeó, y con voz controlada expuso:

—Mi resolución no será la más aplaudida por ustedes, pero comprenderán que será lo mejor para los intereses de la nación: no podemos mostrarnos débiles, menos ineptos ante el gobierno aliado norteamericano. Una noticia del caos sucedido en esta estación de emigrantes sólo desataría dudas sobre nuestra capacidad de mantener el orden, invitando a que las fuerzas armadas norteamericanas entren en territorio mexicano con el pretexto de controlar fronteras.

Las caras de los sobrevivientes mostraron asombro y molestia. El capitán se agitó, tratando de levantarse. Greta lo calmó, sabiendo que sus heridas aún eran de cuidado.

—¿Disculpe? ¿Qué quiere decir? —gruñó el capitán.

Cárdenas apretó los labios antes de hablar.

—Nada de lo que me narró sucedió… ¿Entiende?

—¡Están los muertos! —señaló Alcocer sin lograr comprender la sentencia.

—Una epidemia que azotó el centro… —respondió de golpe Cárdenas, sin siquiera pensarlo dos veces. Como estadista comprendía que esa resolución sería la idónea para el país.

—¿Y los prisioneros?

—No podemos moverlos. Eso indicaría que algo sucedió. Tendrán que seguir aquí según las recomendaciones de nuestros aliados norteamericanos. Pero las familias ahora serán vigiladas en la ciudad.

Hubo un minuto de silencio. Barcelona dio un paso al frente, desesperado por ver renovada su situación de reclusión.

—¡¿Seguiremos encerrados?!

—Así es, señor Lang... —el general intentó ser empático. También incómodo por la decisión, colocó su mano en el hombro de aquel hombre en un gesto compasivo—. Recuerde que México sigue en declaratoria de guerra con Alemania. Continuará este confinamiento al mando del excoronel Tello, quien se hará cargo de todos ustedes, dándoles garantía de su seguridad. Terminado el conflicto, podrá retornar a su país, si así lo desea... También usted, señora Federmann.

—General, mis hijas nacieron en este país. El mismo que es suyo, y mío.

El general Cárdenas aceptó ese comentario apretando la mano de la dama. Ella suspiró y salió del despacho, dejando a los dos militares solos. Alcocer se levantó, colocándose frente al expresidente:

—Señor, esa creatura fue real. Lo que vimos no fueron invenciones. Hay algo, allá afuera, que desea regresar. No puede darle la espalda...

—¿Un dios, dice usted? —alegó el secretario de Defensa—. ¿Me dice que debemos explicar que una deidad prehispánica caminó libre por estas tierras siendo como somos un gobierno laico que no acepta inclinaciones religiosas? No, nada de esto saldrá a la luz...

Cárdenas se acercó al escritorio donde estaba uno de los libros que la maestra Guerra le había dado al difunto director Salinas. Permanecía abierto en una página que mostraba la imagen de Xipe Tótec, con la piel de un sacrificado encima, portando su gran penacho y el sonajero en la mano. La cara de calavera miraba al frente, en búsqueda de ese reino perdido. El general tocó con sus dedos la página, sin lograr comprender del todo esa narración a la que se veía enfrentado.

—¿Capitán? —preguntó sin quitar la mirada al cromo del libro.

—¿Perdone, señor?

—¿Ese alemán? El que me platicó que se martirizó para salvarlos... —cuestionó Cárdenas. Alzó los ojos al capitán para terminar su cuestionamiento—: ¿Era un espía del Eje?

—¿Karl von Graft? —nombró Alcocer, pensativo. Con un gesto de orgullo, le aclaró—: No, señor. Era un ciudadano mexicano, como muchos de los que hay aquí, verdaderos patriotas con apellidos extranjeros.

Cárdenas mordió su bigote, sumido ya en sus pensamientos, y como si lo dijera para sí mismo, murmuró:

—Un héroe patriota...

El capitán Alcocer le confirmó, suspirando:

—Sí, señor.

María subió al automóvil negro. A su lado, su hermana y su madre. El general Cárdenas al final, sentándose al frente de la limusina oficial. El vehículo arrancó, dejando salir una emanación vaporosa a causa del frío. El Cadillac marchó rebotando por el empedrado del fuerte para salir por el acceso principal, dejando atrás el pórtico de piedra labrado con el símbolo patrio del águila devorando una serpiente. Ninguno dentro del vehículo expresó algo, sus miradas permanecieron fijas al exterior. María se recargó en su hermana, quien tomó su mano con un gesto de melancolía. La pequeña intentó entusiasmarla con un mohín, pero no lo consiguió. Afuera, los soldados de piedra que enmarcaban el acceso parecían despedirse, manteniéndose en guardia como lo habían estado centurias atrás. María alzó la vista, viendo la fortaleza de San Carlos perderse entre los árboles del bosque. Sólo un destello, leve pero poderoso, logró visualizar en su cabeza. Se trataba de esa puerta, el círculo de cabezas y varas, más allá del cual esperaban los seres primigenios que permanecían aún dormidos, pero siempre listos para regenerar la Tierra. Vio esos ojos, los tentáculos, la carne fresca, extremidades que se movían nerviosas. Dioses, tal

243

vez, como lo había sido Xipe Tótec, pero que permanecían en su celda, en una prisión no muy distinta a la que ellos habían sido confinados. María logró ver en sus visiones todo el daño que recibieron por las bombas que explotaron. Entendió que hubo dolor, y sintió placer por ello. Pues esa locura le había arrebatado a su padre. En su espectro también vio la finca de Chiapas. Los pericos surcando el cielo azul, el olor al café recién tostado: era su futuro. No sabía cuándo, pero comprendía que ahí los esperaban. Sintió alegría al saber que regresaría. Y, como si lograra cerrar un libro, puso a un lado sus visiones, para contemplar el paisaje.

X

31 de mayo de 1945
Ciudad de Perote, Veracruz, México

Mi querida osita, la guerra ha terminado. ¿Lo sabías? ¿Podrás celebrarlo allá, en España, con el general Franco en el poder? Creo que todo el mundo debería hacerlo. Sólo quedan pesadillas de aquellos sucesos en mi memoria. Tengo más miedo a los racimos de bombas alemanas que a esa creatura monstruosa de Perote. ¿No es absurdo? Por las noches despierto cubierto de sudor, recordando el murmullo de los Heinkel que volaban cual avispas destruyendo España, sin embargo no recuerdo el castañeo de los dientes de ese gigante. Lo olvidé, igual que su olor a carne viva, a carnicería. Mismo que impregnaba en cualquier lugar adonde iba. Lo tengo borrado, mas no los ruidos de los tanques alemanes y el silencio que perduraba después de las masacres.

¿Te sigue dando miedo la guerra? Si los periódicos dicen la verdad, el ejército rojo cercó Berlín y Hitler se suicidó. Alemania ha firmado su completa rendición hace semanas. Mi país ya no está en guerra. Nos queda un largo camino que recorrer por los actos que cometimos. Lo sé, soy el primero que lo acepta. Mis fantasmas del pasado me lo repiten.

Hace unos días, aquí, en la fortaleza de San Carlos, por primera vez nos visitó el presidente Ávila Camacho. Habló con nosotros, los confinados: nos confirmó que estábamos libres. Dijo que su gobierno nos concedía la oportunidad de fincar una vida honesta y libre. ¿Y sabes? No comentaron nada de la masacre y la locura ocurrida en ese invierno. Como si esos eventos se hubieran perdido. Me pregunto si el general Cárdenas les habrá explicado, o prefirió callarlo. Pensando que el silencio mutuo de los afectados era la mejor solución para el olvido. Cuando le pregunté sobre los sucesos del 43, la respuesta del presidente fue clara: debía sentirme afortunado. Quizá tenga razón.

Nos dieron mil pesos en compensación, no son malos; perfecto para rehacer mi vida. Ofrecieron transporte a casa. Incluso a Argentina o Brasil. Algunos lo tomaron, pero menos de los que pensaba. La mayoría se queda en México: se consideran ya locales. Dicen que la comida picante corre ya por nuestras venas. ¿Y yo? Tuve mucho que pensar. Podía regresar a Barcelona, a buscarte, a ver a mi hijo, que debe tener una estatura considerable. Era tentador, pero no pude hacerlo, lo siento. Ya nada me une a esa tierra.

Hace unos días me escribió la señora Federmann: regresaron a la finca en Chiapas. Dice que el cultivo de café va viento en popa y que un par de brazos como los míos le harían mucha falta. Además, un par de jovencitas deseaban verme: Victoria está saliendo con un chico de Puebla, y quiere platicarme. La pequeña María me prometió enseñarme a montar a caballo. Veamos si puede enseñarle trucos nuevos a un perro viejo como yo. Creo que ahí estará mi nuevo hogar. Dicen que el calor se te pega, pero que te lo quitas con un café caliente.

¿Te volveré a escribir? Desde luego, ¿qué no eres la madre de mi hijo?

Te amo por siempre,

Johann Lang, "Barcelona"

La fortaleza y otros datos

No ha sido muy difundido el penoso evento que inspiró esta novela: el campo de concentración, o centro de migración para prisioneros del Eje, en Perote, Veracruz. Los gobiernos del partido institucional velaron cualquier dato por décadas, sabiendo que afectaría su "paz" y su relación con países extranjeros. Pero se trata de una verdad: en México, ser alemán, japonés o italiano fue un delito entre 1942 y 1945. Si poseías un apellido con un poco de tufo germano, te encerraban. Tenías que tener palancas en Gobernación y mucho dinero para pagar la "mordida" si no querías que te sucediera. Se imaginarán que fue un negocio redondo, ya que los agentes cobraban tremendo *moche* para no considerarte traidor a la patria. Los que no podían, o de plano eran sospechosos en alto grado, como los marinos de los barcos incautados en Veracruz, tuvieron que sufrir el encierro por varios años en una de las regiones más inhóspitas debido a ese clima helado. El libro del historiador Carlos Inclán Fuentes, *Perote y los nazis. Las políticas de control y vigilancia del Estado mexicano a los ciudadanos alemanes durante la Segunda Guerra Mundial* abrió la puerta para develar la verdad de este suceso histórico.

Yo ya había abordado el tema en mi novela *El código nazi* hace unos diez años, pero cuando el director de cine Sebastián del Amo me platicó su sufrir por el clima gélido al filmar en la fortaleza de San Carlos, me pregunté qué sería vivir una nevada en ese lugar. Luego me cuestioné: ¿y si, aparte de la nieve, habría algo cazando? Fue como nació esta historia, donde no se sabe qué es más terrible, si la parte fantástica o la histórica. Tengo que agradecer a todos los que me ayudaron en la creación de este relato.

Primero, a Bernardo Esquinca, quien me motivó a regresar a un género tan poco cultivado en el país, el horror; gracias, tus libros fueron mi inspiración. A la Asociación Española de Escritores de Terror (Nocte), que me otorgó el premio a mejor novela extranjera. Un gran abrazo a Polo Jasso, dibujante y humorista, quien comparte conmigo el gusto por malas películas de terror de los años setenta y ochenta. A Magali Velasco, al regalarme el libro sobre la fortaleza de San Carlos de Abraham Broca Castillo. Siempre estaré agradecido con Bernat Fiol, mi agente y confidente. A Rogelio, Pablo, Ismael y Guadalupe, de Editorial Océano, por confiar. Pero sobre todo a Lillyan y Arantza, por apoyarme en momentos difíciles. A Arturo López Gabito, quien me ofreció hacer la curaduría e investigación sobre la visita de Walt Disney en México. Ésa fue la base de una hermosa exhibición en la Cineteca Nacional y algunos datos recopilados entonces se usaron en este libro. Su misión en México fue real, y logró que el gobierno optara por unirse a los aliados durante la segunda guerra mundial. Es ficción que Hitler deseara matarlo, pero no la fascinación de éste por la película *Blancanieves*. Incluso se conservan dibujos de los personajes de la película por puño y letra del Führer.

Hace menos de tres años se anunció el descubrimiento del primer templo prehispánico dedicado a Xipe Tótec. Fue a unos 160 kilómetros de Perote, en mi pueblo, Tehuacán, Puebla. De ahí tomé la idea. Todas las referencias a escritos antiguos sobre gigantes son reales. Así como los rituales hacia Nuestro Señor Desollado.

Los personajes son ficticios, sin embargo, están inspirados en existentes: los Federmann son parte de muchas familias alemanas que comenzaron el cultivo de café en Chiapas, que hoy son grandes empresas. El personaje de María es un homenaje a la primogénita de mi colega Bef: *gracias siempre por la amistad*. Von Graft posee rasgos de Friedrich Karl von Schlebrügge, un espía alemán en México. Por último, el Monje Gris existió. Tiene similitud con Paul Adolf Narr, checoslovaco, llamado Monje Blanco, quien también mató a su esposa y hacía esclavos a sus trabajadores. Esa historia se puede leer en el periódico *La Prensa* del 3 al 9 de noviembre de 1945. El campo de concentración en la fortaleza de Perote siguió en uso hasta 1945. El gobierno mexicano dio un pago a los afectados cuando los dejaron libres. México es el país con la comunidad germana más grande fuera de Alemania. Por mi apellido, sabrán que pertenezco a ese grupo. Este libro es una pequeña ofrenda a mis raíces.

Perote ha sido centro de historias macabras. Incluso existen las ruinas de una escuela Normal que se dice está llena de fantasmas, que será tema de otro libro. Asimismo, la fortaleza de San Carlos y la montaña del Cofre se creen hechizadas. Supongo que la novela abonará un poco más a esas leyendas. El género de terror en México es un tesoro, cultivémoslo como parte de nuestras tradiciones.

F. G. Haghenbeck
Tehuacán, Puebla

Esta obra se imprimió y encuadernó
en el mes de septiembre de 2020,
en los talleres de Impregráfica Digital, S.A. de C.V.,
Av. Coyoacán 100–D, Col. Del Valle Norte,
C.P. 03103, Benito Juárez, Ciudad de México.